Yoshiwara - Vom Freudenhaus des Lebens

Hermione von Preuschen

Impressum

Autor: Hermione von Preuschen
Umschlagkonzept: toepferschumann, Berlin

Verlag: tredition GmbH, Hamburg
ISBN: 978-3-8424-1044-2
Printed in Germany

Ziel der TREDITION CLASSICS ist es, tausende deutsch- und fremdsprachige Klassiker wieder in Buchform verfügbar zu machen. Die Werke wurden eingescannt und digitalisiert. Dadurch können etwaige Fehler nicht komplett ausgeschlossen werden. Unsere Kooperationspartner und wir von tredition versuchen, die Werke bestmöglich zu bearbeiten. Sollten Sie trotzdem einen Fehler finden, bitten wir diesen zu entschuldigen. Die Rechtschreibung der Originalausgabe wurde unverändert übernommen. Daher können sich hinsichtlich der Schreibweise Widersprüche zu der heutigen Rechtschreibung ergeben.

Tucholsky Wagner Zola Scott Sydow Freud Schlegel
Turgenev Wallace Fonatne

Twain Walther von der Vogelweide Fouqué Friedrich II. von Preußen
Weber Freiligrath

Fechner Weiße Rose von Fallersleben Kant Ernst Frey
Fichte Richthofen Frommel

Fehrs Engels Fielding Hölderlin
Faber Flaubert Eichendorff Tacitus Dumas

Feuerbach Maximilian I. von Habsburg Fock Eliasberg Zweig Ebner Eschenbach
Ewald Eliot Vergil

Goethe Elisabeth von Österreich London
Mendelssohn Balzac Shakespeare Dostojewski Ganghofer
Lichtenberg Rathenau
Trackl Stevenson Hambruch Doyle Gjellerup
Mommsen Tolstoi Lenz Hanrieder Droste-Hülshoff
Thoma von Arnim

Dach Verne Hägele Hauff Humboldt
Reuter Rousseau Hagen Hauptmann Gautier
Karrillon Garschin

Damaschke Defoe Hebbel Baudelaire
Descartes Hegel Kussmaul Herder

Wolfram von Eschenbach Dickens Schopenhauer Rilke George
Bronner Darwin Melville Grimm Jerome
Campe Horváth Aristoteles Bebel Proust

Bismarck Vigny Barlach Voltaire Federer Herodot
Gengenbach Heine

Storm Casanova Tersteegen Grillparzer Georgy
Chamberlain Lessing Langbein Gilm
Brentano Lafontaine Gryphius
Strachwitz Claudius Schiller Kralik Iffland Sokrates
Katharina II. von Rußland Bellamy Schilling
Gerstäcker Raabe Gibbon Tschechow

Löns Hesse Hoffmann Gogol Wilde Gleim Vulpius
Luther Heym Hofmannsthal Klee Hölty Morgenstern
Roth Heyse Klopstock Goedicke
Luxemburg Puschkin Homer Kleist
Machiavelli La Roche Horaz Mörike Musil

Navarra Aurel Musset Kierkegaard Kraft Kraus
Nestroy Marie de France Lamprecht Kind Kirchhoff Hugo Moltke

Nietzsche Nansen Laotse Ipsen Liebknecht
Marx Ringelnatz
von Ossietzky Lassalle Gorki Klett Leibniz
May vom Stein Lawrence Irving
Petalozzi Knigge
Platon Pückler Michelangelo Kafka
Sachs Poe Kock
Liebermann Korolenko
de Sade Praetorius Mistral Zetkin

Der Verlag tredition aus Hamburg veröffentlicht in der Reihe **TREDITION CLASSICS** Werke aus mehr als zwei Jahrtausenden. Diese waren zu einem Großteil vergriffen oder nur noch antiquarisch erhältlich.

Symbolfigur für **TREDITION CLASSICS** ist Johannes Gutenberg (1400 — 1468), der Erfinder des Buchdrucks mit Metalllettern und der Druckerpresse.

Mit der Buchreihe **TREDITION CLASSICS** verfolgt tredition das Ziel, tausende Klassiker der Weltliteratur verschiedener Sprachen wieder als gedruckte Bücher aufzulegen – und das weltweit!

Die Buchreihe dient zur Bewahrung der Literatur und Förderung der Kultur. Sie trägt so dazu bei, dass viele tausend Werke nicht in Vergessenheit geraten.

Text der Originalausgabe

Hermione von Preuschen

Yoshiwara - Vom Freudenhaus des Lebens

Der Wahrheit
und der Schönheit
zu eigen.

Vorwort zu »Yoshiwara« von Professor Dr. Sh. Chiba, Tokio.

»Keisi ni Makoto nashi Towa Soria Taga uta?
Makoto aru – made Kimo sezumi!«

(Wer wagt zu sagen, daß uns die Treue fehlt?
Wer kommt uns so nahe, daß er unsere Treue erprobt!)

So heißt ein altes Lied von Yoshiwara, dem »nachtlosen Schloß«, in dem zu jeder Zeit dreitausend Frauen wohnen, die jedes Europäers Mitleid erwecken, da er glaubt, sie säßen im Käfig wie die wilden Tiere im zoologischen Garten.

Er weiß ja nicht, daß das Gitter, das ihm den Begriff Käfig weckt, nicht darum vorhanden ist, ihnen die Flucht unmöglich zu machen, sondern nur, damit kein rauher Mensch die zarten Mädchen unsanft anfasse.

Es sind ja wirklich zarte Mädchen, was kein Ausländer ahnt, denn die Ursache, warum neun Zehntel von ihnen hierherkamen, ist ihm unbekannt.

Aber ich bin dessen ganz sicher, daß die Geschworenen Europas kaum eines der Yoshiwaramädchen als ehrlos verdammen würden.

Freilich, daß sie so skrupellos zu Tausenden diesen Freudenberuf erwählen, nach dem Motto »der Zweck heiligt die Mittel«, zeigt zur Genüge, daß bei uns in Japan die Kurtisanen Yoshiwaras auf weit geachteterer Stufe stehen als die Freudenmädchen europäischer Bordelle.

Die Ursache, warum sie in den »Käfig« gehen, ist meistenteils nur Kindesliebe, um ihre bedürftigen Eltern zu unterstützen.

Vor fünf Jahren, als ich dort amtlich untersuchte, fand ich von zweitausendneunhundertfünfundfünfzig Frauen nur zehn, die einzig aus sinnlicher Lust dies Gewerbe erwählt hatten. Die anderen alle waren nur dorthin gekommen, um ihre Eltern oder ihren Geliebten aus drohender Geldnot zu retten.

Hier paßt, wie nirgend, Buddhas Ausspruch »Lotosblumen im Schlamm«. All ihrer Umgebung zum Trotz bleiben ihre Seelen rein wie die Lotos.

Sie gehören nun zu den von der ganzen zivilisierten okzidentalen Welt verachteten Freudenmädchen; aber *warum* sie es wurden, das entsprang einem reinen Impuls.

Was sagte einst Takeo, die ihrerzeit berühmte Yoshiwaraschönheit, zu einem Fürsten, der sie mit Geld lösen und an seinen Hof bringen wollte?

»Ihr könnt meinen Körper erkaufen wie einen Ziegelstein. Aber meine Seele, mein Herz, die gehören mir allein. Vor keinem Galgen fürchte ich mich. Das gleißende Gold bewegt mich nicht.«

Takeo war, um der Not ihres Verlobten willen, nach Yoshiwara gekommen. Körperlich war sie ein Spielball anderer Männer, doch seelisch blieb sie immer rein.

Als sie im reichgeschmückten Boot an den Hof des Fürsten gebracht werden sollte, wiederholte sie nur immer: »Ich gehöre niemandem an wie meinem Geliebten.«

Im Zorn tötete sie der Fürst. Und noch ihren Mörder lächelte sie sterbend an: »Dank Euch, daß ich, meine Ehre bewahrend, ins Jenseits fahre.«

Der ausländische Beobachter weiß gar nicht, wie viele Tränen im Lächeln dieser Frauen verborgen sind. Mitternacht ist lange vorüber. Der Zeiger der großen Uhr steht auf zwei. Da verliert die Benennung »Nachtloses Schloß« ihre Berechtigung. Die Gassen werden fast menschenleer. Feuerwehrleute, in der Hand klingende Schellen, ziehen die Straßen entlang. Jeder Schritt entlockt den Schellen melodischen Ton.

Dann kommen die Nachtwächter und schlagen die Hioshigi (Eichenklöppel). Von fern hört man den dumpfen Ton der Asakusaglocken.

Der Mond breitet sein blasses Licht über die Blumen von Yoshiwara.

Ein paar Schin-naisänger ziehen, melancholische Liebeslieder singend, mit ihrer Schin-naimusik vorüber.

Da lehnt wohl manchmal hinter dem Geländer einer Veranda ein Freudenmädchen, betrachtet sinnend den Mond und lauscht dem Schin-naigesang.

Dann wirft sie all ihr Geld den Vorübergehenden herunter, um das ganze Schin-nailiebeslied noch einmal zu hören. Und die Kleine steckt sich ihr Seidenpapiertachentuch in den Mund, um ihr Heimwehschluchzen zu ersticken. – Früge sie aber ein »Gast«, warum sie weine, würde sie nur antworten: »Wann seh' ich dich wieder?« – Und der gutgläubige Fremde freute sich ob dieser Antwort.

Aber in dieser Lüge liegt die Treue – die Treue gegen ihre Angehörigen.

In der mondhellen Nacht zieht ihre Seele auf Flügeln der Schinnailieder zu Eltern und Geliebten, um derentwillen sie sich hierher verkauft hat.

Verkauft haben sie sich ja wirklich, all diese Frauen. Aber das Geld, das müssen sie zu verachten scheinen, denn in Yoshiwara von Geld zu sprechen, gilt noch heute für plump.

Wenn auch die »goldene Zeit« lange vorüber ist, da ein Mädchen zu einem Reichen, der ihr Gold in die Kammer gestreut, empört rief: »Wirf die schmutzigen, gelben Würmer zum Fenster hinaus!«

Doch noch existiert die Tradition der scheinbaren Geldverachtung, und kein Freudenmädchen wagt das Geld, das sie verdient hat, gleich zu berühren.

Aber die fortschreitende »Zivilisation« tötet wohl auch die Poesie von Yoshiwara. Nur noch einen letzten Rest davon möchte die »Lotosblume im Schlamm« sich bewahren.

Möchte dies Buch helfen, im Sinnenkult des Ostens dem zivilisierten Ausland den Spiegel vorzuhalten, in dem es erkennen kann, wieviel reiner und harmloser wir bei uns in Japan dem Liebesdienst uns ergeben.

Und daß die Prostitution des Abendlandes wie ein dunkler Schandfleck auf der vielgerühmten Zivilisation des Okzidentes liegt!

Sh. Chiba.

Erster Teil

Indra

Anhalter Bahnhof in Berlin! Das Zeichen zur Abfahrt des Nachtschnellzugs Berlin–Frankfurt war gegeben. Ein eleganter Herr ging wie suchend an den Coupés entlang. Am Damencoupé dritter Klasse blieb er unwillkürlich stehen, und ein Glimmern ging durch seine schönen, grauen Augen, daß sie wie grüner Phosphor aufblitzten. Dann schritt er nach seinem behaglichen Abteil erster Klasse, in dem er ganz allein fuhr und sich bequem ausstreckte.

Die Ursache dieses Phosphorblicks, Indra Versen, drückte sich derweil in der Mitte des überfüllten Wagens. Sie winkte noch einmal hinaus, nach der behäbigen, blonden Dame, die, laut weinend, wie von Schluchzen geschüttelt, vor der Tür stand. – »Ich seh' dich nicht wieder, Indra, ich fühle es, du bist mir verloren.« – »Aber Mutter,« lächelt Indra etwas verlegen, denn sie liebt keine Gefühlsausbrüche in der Öffentlichkeit, »bedenke doch, es ist ja ein Glück, daß deine Freundin mich haben will, und ich werde Tunis sehen – Tunis!« Auch durch ihre Augen zuckt ein Blitz wie ein großes Freudenfeuer. – »Ich seh' dich nicht wieder!« schluchzt die Mutter. – Der Zug setzt sich in Bewegung, die Mutter winkt, und Indra winkt noch in die Nacht, mit dem weißen Taschentuch, das vor den Augen der Mutter und der Tochter kleiner und kleiner wird – wie ein Schmetterling, der sich hinaus in Nacht und Dunkel verflogen. – Indra schließt die Augen und versucht zu schlafen. Aber wie ist dies möglich vor dem wasserfallartigen Rauschen des eintönigen Plauderbachs der »Damen«. Ganze Familien-, Krankheitsgeschichten, Hochzeit, Tod – alles erörtert sich zwischen ein paar Stationen! Hinter Brandenburg wird's etwas leerer, Indra will sich gerade ein wenig ausstrecken, da kommen drei neue Damen mit zahllosem Handgepäck. – Aber wenigstens hat das junge Mädchen einen Eckplatz erobert und fühlt sich schon dadurch vom Geschick bevorzugt. – »Alles Glück des Lebens ist wirklich nur relativ,« denkt sie. »Aus der eingekeilten Mitte, sardellenartig gepreßt von glotzenden Damen, scheint mir hier auf dem Fensterplatz mein Los schon ein günstigeres. Käme ich aus einem leeren Coupé erster Klasse, erschiene mir dieser Platz unerträglich.« – Wieder versucht sie, die

Augen schließend, einzuschlummern, aber neue Lebensgeschichten plätschern an ihr vorüber. – »Welch furchtbare Stimmen all diese Weiber haben, seelenlos wie Blech,« denkt sie. »Welche Stimme wohl der Fremde hat, der mich vorhin so lange angesehen? Sind Stimmen Seelenträger, oder können auch Stimmen trügen wie Menschen? – Nun sitzt die gute Mutter daheim und heult – statt daß sie sich freuen sollte, daß ich nun hinauskomme in die herrliche Welt, nach der unerträglichen Enge und Kleinheit unseres Lebens, nach dem furchtbaren ›Kampf mit dem Pfennig‹, der unsere besten Instinkte tötet.« Indra ist's, als müsse sie die Arme ausstrecken, die Welt zu umfassen, die bunte, herrliche Welt, der sie jetzt mit allem Sinnen und Sehnen, mit innerem Jauchzen entgegenfährt. – Fünfundzwanzig Jahre war sie nun, fast »alt«, wie sie lächelnd konstatierte. Und was hatte sie erlebt an bunten, großen Schicksalen? Innerlich freilich wälzten sich täglich neue Tragödien in ihrer Seele, von denen sie abends todmüde, fast zerbrochen aufs Lager sank. – Ach, wie verstand sie doch Schopenhauer, wenn er sagt: »Ganz mit Unrecht pflegt man die Jugend die glücklichste Lebenszeit zu nennen. Das wäre wahr, wenn Leidenschaften glücklich machten.« Indra seufzte, ja, ihre Leidenschaften, ihre Sehnsucht nach allem Großen, allem Herrlichen dieser Welt, auch allen Wundern der Liebe, die ihr erschienen wie ein glänzendes Mysterium, hatten sie tief unglücklich gemacht. Das durfte sie der guten Mutter nicht zeigen, die nach des Vaters Tod, der ein herrlicher Landpfarrer im alten Stil gewesen, und nach dem Tod von vier jüngeren Kindern, die einer Diphtheritisepidemie erlagen, mit der damals vierzehnjährigen Indra nach einer Vorstadt von Berlin gezogen war, um dem hochbegabten, ausgeweckten Mädchen alle Gelegenheit zur Weiterbildung zu geben. Die gute Mutter vergaß, daß die hochgemute Tochter das tägliche Elend des »sich nach der Decke streckens« immer wieder aus allen Himmeln ihrer Träume riß. – Indra verstand sich selber nicht, wußte nicht, was sie wollte – nur ihre Sehnsucht ward mächtiger mit jedem Tag. Sie kam sich von allem glanzvollen Treiben der Großstadt wie ausgeschlossen vor. – Vor der Pforte des Lebens stehend – wie ein armes Kind von der Straße am Christabend drinnen die Lichter blitzen sieht, deren Glanz ihm nur wehe tut, draußen in seiner kalten Winternacht.

Glühende Strophen der Sehnsucht schrieb sie nieder in solchen Stimmungen. Und sie ward eine große Dichterin durch diese große Sehnsucht, ohne es selbst zu wissen. Oft auch ging ihre Sehnsucht zurück nach ihrer sonnigen Kindheit, da sie mit ihren kleinen Geschwistern im Pfarrgarten spielte und der Vater an seinen Rosen schnitt oder Sonnabends in seinem Laubengang, genannt Philosophenweg, die Sonntagspredigt memorierte, – Wie lange war das her? Wie aus einem anderen Leben. – Nun umgab sie der Moloch Berlin, der ihr altes von ferne zeigte und nichts gönnte. Sie bat ihre Mutter, sie in die Handelsschule zu schicken, damit sie Kontoristin werden könne. – Aber die gute Mutter hatte ihre kleinstädtischen Vorurteile.

Nachdem sie vier Kinder so jäh verloren, ahnte sie wohl, daß eine Zukunft für Indra als Tippfräulein oder Büfettdame auch kein Glück bringen könnte. Obgleich Indra meinte, sie könne ja eine »Sekretärin« werden und hohes Salär erhalten. Aber die Mutter sträubte sich mit Händen und Füßen dagegen, und Indra fühlte zu wenig inneren Drang zu der ganzen Sache, um ihren Willen mit Gewalt durchzusehen.

So ging dies kleine Pfennigkampfleben draußen in Friedenau, das nur dem Namen nach eine Vorstadt mit freien Lüften ist, Jahr für Jahr unverändert weiter. Indra hatte in einem englischen Buch eine Stelle gefunden, die ihr tiefen Eindruck machte. »Die letzten schönen Jugendjahre zögerten vorbei in Kleinlichkeit und Alltag.« – Daran mußte sie immer denken. – Würde ihr ganzes Leben in Kleinlichkeit und Alltag ersticken? – Mußte sie ewig draußen stehen und die herrlichen Weihnachtslichter des Lebens nur für andere brennen sehen?

Mancher Mann hatte sich ihr mit schönen Worten genähert, wenn sie von einem Vortrag in Berlin oder billigeren Stadteinkäufen zurückfuhr. Aber Indra war zwar eine romantische, doch eine durchaus loyale Natur. Sie haßte das leichte, galante Abenteuer, die Flirts der Ladenfräuleins. Sie schmachtete nach dem Wunder, nach der großen Liebe, dem Hohenlied ihres Lebens. Dies aber würde nimmer im Alltag beginnen. *Wie* sie den Alltag haßte! Fast wie einen lebenden Feind, der ihre Seele erwürgen wollte. – Sie hatte sich ein Leihbibliotheks-Abonnement buchstäblich vom Munde abgespart, und nun las sie, nicht wahllos, denn sie besaß Kritik und Geschmack, aber ziellos die ganze neuere, neue und neueste Literatur. Mit den Klassikern hatte sie ihr Vater schon als Kind bekannt gemacht. Aber neuerdings war Ibsen ihr Gott, und sie wartete mit Nora auf das Wunderbare und wollte mit Hedda Gabler nur in Schönheit sterben.

Eine lebende, persönliche Religion besaß sie noch nicht, aber eine gewisse romantische Frömmigkeit. Es war so beruhigend, zu denken, daß der liebe Gott alles zum besten lenkt, auch wenn seine Wege »unerforschlich« sind. Sie sind meistens »unerforschlich«. Denn warum ließ er wohl ihre vier Geschwister in zwei Tagen an Diphtheritis sterben und dadurch das Herz ihres Vaters brechen und ihre Mutter klein und ängstlich werden, ihr Leben lang? Indra dachte sich manchmal: wohl um ihr eigenes Leben vor noch mehr Alltag und Pfennigkram zu retten. Denn wie hätte das werden sollen, wenn von der schmalen Pfarrwitwenpension der Mutter vier Menschen mehr hätten gefüttert und »erzogen« werden sollen? Und noch dazu »standesgemäß«, nach dem Lieblingswort der Mutter, die aus einem ganz verarmten adligen Hause stammte. – Indra lächelte unwillkürlich bei dem Wort. Manchmal ertappte sie sich auf völlig unstandesgemäßen Gedanken. Ach, das viele Lesen und die große Einsamkeit hatten eine kleine Revolutionärin aus ihr gemacht. Und wenn das Glück sich auch ihr wirklich einmal nähern sollte, sie würde sich den Teufel darum scheren, ob es »standesgemäß« sei oder nicht. Ein jeder Mensch hat doch sein eigenes Leben zu leben und zu sterben. Alle Hilfeleistungen anderer dabei sind am Ende nur schöne Worte. Die ganze Lebenseinsamkeit hatte auch Indra schon erfaßt. Wenn sie ihr auch noch mit Hoffnungen und Idealen rosig umkränzt schien! Wie der Zug gleichmäßig ratterte, – die »Lebensgeschichten« waren jetzt alle verstummt. Sie schliefen, so gut oder so schlecht es ging, mit offenem Mund, mit hängendem Kopf. – Sie stöhnten und schnarchten und schwitzen. Selbst im Schlaf verbreiteten sie Unästhetik. »Schönheit« schrie es in Indra – Schönheit, einen großen Lebensstil – werde ich die drunten in Tunis finden? – Vor vier Wochen erst war der Brief in Frau Versens Hände gelangt. Der Brief der Jugendfreundin, die sich drüben in Reichtum und Glück ihrer zärtlichen Mädchenfreundschaft erinnerte und sie fragte, wenn ihre älteste Tochter (deren Geburtsanzeige seinerzeit das letzte Lebenszeichen von Frau Versens Freundschaft gewesen) noch nicht verheiratet sei, ob sie sie auf ein Jahr herüberschicken wolle, sie sehne sich nach einer deutschen Gesellschafterin für ihren sonst ganz arabischen Haushalt. Wenn sie sich dazu entschließen könne, möge Frau Versen telegraphieren, und das Reisegeld würde dann ebenfalls telegraphisch angewiesen. Frau Pfarrer weinte und jammerte, Indra aber war zum erstenmal entschlossen! Hier endlich war die offene Pforte, hinaus nach den Wundern des Lebens! – Endlich, nachdem sie jahrelang sich in Sehnsucht fast verzehrt. Die Mutter weinte und jammerte, aber sie mußte telegraphieren: »Indra kommt!« Und das Geld kam auch, so reichlich, daß es noch zu einer kleinen, aber geschmackvollen, wenn auch einfachen Reiseausrüstung reichte. Und nun endlich, endlich war sie unterwegs! Frau Meranow hatte einen reichen Levantiner geheiratet, der Großkaufmann in Tunis war. Man hatte ihr Indras Photographie geschickt und den Namen und die Abfahrt des Schiffes von Marseille gemeldet. Sie würde in Tunis an Bord kommen, zum Zeichen der Identität mit Indras Bild bewaffnet, und dann sollte für beide ein schönes Leben beginnen. Alle Wunder von Tunis und Algier, die Wunder der Sahara und die herrlichen alten Römerruinen wollte Frau Meranow ihr zeigen und die phantastischen Paläste der Mauren, die Rosen- und Granatengärten von Tunis. – Indra hatte sich an all dieser Schönheit schon im Geist so sehr berauscht, daß ihr die Trauer und die trüben Ahnungen ihrer Mutter fast zur Last fielen. Sie schienen ihr töricht, nun der Himmel ihr Sehnen endlich erhört, nun das Wunder, das völlig unerwartete, unvorhergesehene, sich ihr genaht. »In zwei Jahren, mein geliebtes Mütterchen, komme ich mit Frau Meranow, dich herüberzuholen, dann vergessen wir alle beide das ganze Berlin«; das erzählte sie ihrer Mutter so oft, bis sie alle beide felsenfest hieran glaubten. – Dennoch, beim Abschied, hatte Frau Versen wieder das ganze Trennungsweh gepackt, und nun lag sie zu Hause und klagte und jammerte. Hatte gewiß ebensowenig geschlafen wie ihre glückliche Tochter.

Mit schrillem Pfeifen fuhr der Zug jetzt in die Halle des Frankfurter Bahnhofs ein. Alle Schläferinnen fuhren empor und hasteten nach ihrem Handgepäck. – Indra winkte einem Kellner nach einer Tasse Kaffee. Da trat schon der Fremde an sie heran. »Verzeihung, gnädiges Fräulein, der Kaffee hier ist schlecht und kalt. Sie tun bes-

ser, ihn in aller Ruhe im Speisewagen zu nehmen.« Das leuchtete
Indra ein. »Aber mein Gepäck?« – »Das nehmen Sie mit,« meinte
der Herr, »und suchen sich nachher ein weniger gefülltes Coupé.«
Er griff schon nach Indras Handkoffer und nahm ihre Plaidrolle.
Beide wanderten nun nach dem eben eingestellten Speisewagen,
und Indra dachte beruhigt an seine grauen Haare. Der Zug ging
bald weiter, bleiches, graues Morgenlicht kroch über die Gesichter
der beiden. Aber der sieghaften Schönheit von Indras herrlich hoher
Dianagestalt mit dem klassischen Halsansatz konnte es nichts anhaben. Ihr Haar war zerzaust, ihre Züge bleich und übernächtig, ihr
Hut saß schief. Wie muß dies Mädchen wirken im rechten Rahmen!
dachte der Mann. »Gestatten Sie, daß ich mich ›echt deutsch‹ vor-
stelle?« Er lächelte ironisch und gab ihr seine Karte. »Otto Boris
Brostoczicz« las sie darauf und »Berlin, Paris, London«. – »Hat er
eine gute Stimme, gefällt er mir?« fragte sich Indra. Er war nicht
mehr jung, wohl ein angehender, gutkonservierter Fünfziger mit an
den Schläfen stark ergrautem, sonst schwarzem Haar. Blaugraue
Augen, von schwarzen Wimpern umsäumt, wären schön gewesen,
ohne ihren flackernden, rastlosen Blick. Ein kleiner Schnurrbart und
ein ganz kurz französischer Spitzbart deuteten auf den Franzosen
hin. Aber er sprach fließend Deutsch und hatte die Manieren eines
vollendeten Kavaliers. – Der Kellner kam, Indra bestellte Tee, But-
ter, Brot und Eier. Und sie verzehrte ihr Frühstück mit Behagen in
dem schönen Speisewagen, von dessen Aussichtsfenstern man einen ganz anderen Überblick der Gegend hatte als aus ihrem Coupé
dritter Klasse. »Hier möchte ich immer sitzen,« meinte sie heiter. –
»Sie hatten es nicht gut getroffen in Ihrem Damencoupé,« bemerkte
Brostoczicz. – »Ja, ich weiß nicht, wann es schlimmer war,« sagte
Indra lächelnd, »wenn sie wachten oder wenn sie schliefen. – Es
war wohl beides gleich fürchterlich.« – – »Man sieht, daß gnädiges
Fräulein noch wenig gereist sind, sonst waren Sie vorsichtiger gewesen; darf ich Ihnen nun zu einem besseren Platz behilflich sein
bis zum Ende Ihrer Fahrt?« – »Das werden Sie schwer möglich machen, ich fahre nach Marseille und morgen nachmittag mit einem
Schiff der Compagnie Touache nach Tunis,« erzählte Indra, »dort
holt mich die Freundin meiner Mutter ab, die mich an meiner Photographie erkennen muß.« – »Wie sich das herrlich trifft, ich fahre
auch nach Tunis – vielleicht kenne ich sogar Ihrer Frau Mutter
Freundin.« – »Madame Christa Meranow.« – »Aber gewiß, das ist ja

ein geradezu herrliches Zusammentreffen. Ihre Schwägerin dort ist an meinen Freund, Monsieur Toussaint, einen Intendanten des Bey von Tunis, verheiratet.« – Indras Augen leuchteten. Ja, wie sich das alles herrlich traf, sie hatte wahrlich Glück. »Und nun, mein gnädiges Fräulein. Sie sehen, dieses wunderbare Zusammentreffen und meine grauen Haare machen mich *forza maggiore* zu Ihrem Reisemarschall. Vertrauen Sie sich meiner Führung und – bei meiner Erfahrung – reisen Sie, für dasselbe Geld, besser und bequemer. Darf ich um Ihr Billett bitten, daß ich einen guten Platz für Sie aussuche?« Indra händigte ihm das Billett ein und wollte den Kellner bezahlen, aber Herr Brostoczicz hatte schon mit der seinen ihre Rechnung beglichen. Sie händigte ihm trotzdem noch eine Mark ein, die er einwandlos annahm, was sie wesentlich beruhigte. Nein, der Mann hatte die lautersten Absichten, und er suchte, ihr gefällig zu sein. Und seine Hilfe war unendlich bequem. Er war gegangen, um ihr einen Platz zu suchen. Nach kurzer Zeit kam er zurück und bedeutete ihr, ihm zu folgen. Er wies ihr ein leeres Coupé erster Klasse an und sagte, der Billeteur sei schon verständigt – er selber werde sie zum Mittagbrot im Speisewagen abholen und ihr auch am Nachmittag bei der Zollvisitation behilflich sein. – Indra kam sich nach der furchtbaren Nacht wie verzaubert vor. Sie wusch und kämmte sich und streckte sich dann lang zu behaglichem Schlaf. Ein Traumlächeln lag noch auf ihren Zügen, als Boris wieder vor ihr stand, sie zum Diner im Speisewagen abzuholen. Dies Diner *à deux* gestaltete sich sehr gemütlich. Brostoczicz war ein ausgezeichneter Causeur, sie plauderten bald französisch, bald englisch, bald italienisch. Es gewährte Indra Genugtuung, ihm auf diesen sprachlichen Exkursionen mit Leichtigkeit folgen zu können. Auch bei der Zollvisitation segnete sie den Zufall, daß sie ihn gefunden und schrieb eine sehr fröhliche Karte an ihre Mutter, die sie ihn pflichteifrig in den Kasten werfen sah. Nach dem Abendbrot im Speisewagen führte er seine kleine Schutzbefohlene, die ihn um ein Beträchtliches überragte, wieder in ihr behagliches Coupé und bat sie, nur ruhig zu schlafen, bis ihr »Reisemarschall« kommen würde, sie in Marseille zu wecken. Auch dort würde er sie unter seine Fittiche nehmen, ihr etwas von Marseille zeigen und um vier Uhr gemeinsam mit ihr gen Tunis abdampfen. Sie schlief sehr beruhigt ein auf ihren Samtpolstern und meinte, ihr erster Schritt durch die offene Pforte des Lebens sei von einem guten Stern begünstigt.

Köstliche Träume hatte sie, von großen Palmenwäldern, in denen goldene Lebensfrüchte hingen. »Mademoiselle«! Brostoczicz stand vor ihr, – »*Nous voilà arrivés*, nun sind wir angekommen.« Er nahm ihr Gepäck, und sie folgte ihm auf den Perron und in einen Hotelwagen. Im Hotel wies man ihr ein behagliches Zimmer an. Sie wusch und kämmte sich wieder, man brachte ihr das »*petit dejeuner*«.

Dann ging sie hinab in die Halle, wo sie mit Brostoczicz zusammentraf, der ihr nun Marseille zeigen wollte. Sie machten erst eine Rundfahrt, an der schönen »Corniche« entlang, dann fuhren sie mit der Bergbahn hinauf nach Notre Dame de la Garde. Indra war begeistert; noch niemals, meinte sie, solch Herrliches gesehen zu haben wie die Aussicht von da droben, über die felsigen Küsten, hinab in das unendliche Meer. Ganz fromm und klein fühlte sie sich gegenüber aller Weltenschönheit.

Dann fuhren sie hinab, nahmen im Palmengarten des Hotels ein behagliches *dejeuner à la fourchette*, und Brostoczicz bat sie dann, sich wieder in ihrem Zimmer etwas auszuruhen, er würde sie zur rechten Zeit aufs Schiff bringen. All das sorglose Schönheitsleben hatte etwas Berauschendes für das Mädchen, das gewohnt war, jeden Pfennig zu Rate zu ziehen. Auf ihre ängstlichen Fragen nach den Kosten meinte er, er würde sich schon mit Madame Meranow darüber auseinandersetzen. So überließ sie sich einer köstlichen Siesta, in die seine Stimme klang: »Nun ist es Zeit, daß wir uns nach unserem Schiff begeben.« Sie fuhren abermals im Wagen zum Hafen. Indra hatte niemals geglaubt, daß Reisen mit so viel Behagen verbunden sein könne.

Auf dem Schiff zeigte man ihr ihre Kabine.

Ihr Billett hatte Brostoczicz besorgt, nachdem sie ihm das Geld zweiter Kajüte dafür ausgehändigt. Sie wunderte sich über den Komfort dieser zweiten Kajüte.

Die Anker lichteten sich, und bei wundervoller Abendbeleuchtung, bei der die Felsen von Notre Dame de la Garde wie in Blut getaucht schienen, entfernten sie sich langsam von der Küste. Château d'If, das Gefängnis des Mannes mit der eisernen Maske lag vor ihnen. Brostoczicz saß neben ihr und erklärte ihr die Gegend. Er wußte über alles Bescheid, und sie hätte sich keinen besseren Cicerone wünschen können. Nur meinte er, daß das Schiff wegen der Strömung einen anderen Kurs nehmen müsse und daher erst einen Tag später in Tunis einträfe, was bei dem herrlichen Wetter aber nur ein Gewinn sei. Indra war ganz seiner Ansicht und genoß die zwei Tage in seiner anregenden Gesellschaft. Am dritten Morgen legte der Dampfer schon im Hafen an. »Lassen Sie mich nach Frau Meranow Umschau halten, gnädiges Fräulein, bleiben Sie ruhig hier sitzen, ich führe sie Ihnen zu.«

Indra saß auf dem Oberdeck und genoß das Schauspiel der Einfahrt. Hunderte brauner Gestalten überschwemmten jetzt das Deck. Nach einiger Zeit kam Brostoczicz mit einer eleganten, schwarzhaarigen Dame, nicht mehr »jung«, aber »noch jung«, auf Indra zugeschritten. »La voiçi« rief die Dame und umarmte sie. Indra erwiderte die Umarmung herzlich und wunderte sich, wie schick und jung Madame Meranow noch aussähe. – »Pauvre petite,« sagte jetzt die Fremde, »meine Schwägerin ist vorgestern vom Schlag gerührt worden, ihre Tochter hat mich telegraphisch beauftragt. Sie nun nach Singapore zu führen, wo sie eine große Damenpension unterhält. Sie sollen dort den Haushalt leiten, sich nützlich machen und sich Ihres Lebens freuen. Pauvre petite, j'espere. que vous n'aurez pas trop de deceptions.« – »Arme Kleine, ich hoffe. Sie erleben nicht allzu viele Enttäuschungen.« – Indra war wie vom Donner gerührt. »Das ist ja furchtbar,« sagte sie, »hat Madame Meranow schwer gelitten vor ihrem Tode? Und sollte ich nun nicht doch besser zurückfahren nach Berlin?« – »Ich sagte ja, der Schlag hat sie gerührt, ich bin ihre Schwägerin, die Frau des Intendanten des Bey von Tunis. Aber ich habe mir von meinem Mann die Erlaubnis abgerungen, Sie persönlich nach Singapore und in das Haus meiner Stiefnichte zu bringen. Sie sind völlig fremd hier und würden sich sonst allzu einsam fühlen, aber nach Berlin zurückzufahren, wäre Unsinn.« – »Ich fahre ja auch nach Singapore,« sagte Brostoczicz, »und das gnädige Fräulein hätte schon einen Reisemarschall in mir. Natürlich ist sie unter Ihrem Schutz noch besser aufgehoben.« – Madame lächelte freundlich. »So teilen wir uns in die Obhut unseres reizenden Schützlings. Ihnen aber, liebes Kind, rate ich jetzt, sofort ausführlich nach Hause zu schreiben, damit der Brief noch von hier abgehen kann, ich werde ihn selber als Eilbrief besorgen. Die Adresse, an die Sie Antwort bestellen wollen, ist Singapore, Madame Vais, Rue des Etrangers,

Stranger-Street.« Indra dankte herzlich für den guten Rat und setzte sich hin, einen langen, ausführlichen Brief, mit allen Reisewundern und mit dem traurigen Schicksal von Madame Meranow, an ihre Mutter zu schreiben und sie zu bitten, ihr umgehend ausführlich nach Madame Vais zu berichten. Ein paar Stunden hatte sie mit eifrigstem Schreiben zugebracht – es war nur noch knapp Zeit, vor der Abfahrt den Brief ans Land zu befördern. Und dann nahm die Seereise und die merkwürdige Fahrt bei Nacht durch den Suezkanal, mit Scheinwerfer und Begegnung eines anderen Schiffes, wieder alle ihre Sinne gefangen. – Madame hatte natürlich für ein Billett gesorgt, das war ihr weit lieber, als wenn Brostoczicz es ausgelegt hätte. – Nun fuhr sie allen Wundern entgegen. Als wenn gütige Feen diese Götterreise ihr in den Schoß geworfen hätten.

Im roten Meer, dessen Glutströme ihr kaum etwas anhatten, konnte sie sich nicht satt sehen an den Wunderfärbungen des Sinai – den rosenblätterfarbenen. Tage und Nächte vergingen, an Sokotras einsamer Insel war das Schiff längst vorüber. Indra war wie im Bann. Und Madame Meranows jäher Tod erschien ihr fast wie ein Glück. Hatte er ihr doch die Pforte ihres Lebenstores noch weiter geöffnet. Hätte sie diese himmlische Reise gemacht unter dem Kreuz des Südens, wenn sie nun in Tunis, in der Villa Meranow säße? Brostoczicz erwies sich als treuer, unermüdlicher Ritter. Bei Tage trug er ihr alles an ihren Liegestuhl, was ihr nur irgend Freude machen konnte. Und in der Nacht erklärte er ihr die Wunder des Sternenhimmels. Er wies ihr die krausen Lebenslinien ihrer Hand, und sie fragte sie immer wieder – halb verwirrt – war es Zuneigung, war es Widerwillen, was sie diesem rätselhaften Menschen gegenüber verspürte? Den sie bald bewunderte und bald verabscheute mit instinktiver Abneigung. Dann wieder, wenn er ihr von seiner trüben Kindheit erzählte, konnte er sie fast zu Tränen rühren, und sie fühlte sich beinahe versucht, seine Hände zu küssen, die Hände, die so eifrig bemüht waren, jeden kleinsten Stein aus ihrem Wege zu räumen. Ganz andere Gefühle hatte sie gegen die Frau des Intendanten, deren Begleitung, da sie sich so geborgen fühlte unter Brostoczicz' Schutz, ihr fast unnötig vorkam. Sie hatte jedenfalls noch andere Geschäfte in Singapore; es wäre doch sonst sehr zwecklos gewesen, nur zu ihrer Begleitung, diese große, kostspielige Reise zu unternehmen. – Sie schien recht vertraulich mit Brostoczicz zu verkehren, das hatte er ihr freilich schon vorher erzählt, aber sie ertappte beide mehrmals in so eifrigem Gespräch, in einer ihr, der polyglotten Indra, völlig fremden Sprache, daß sie ihr Kommen überhörten und bei ihrem plötzlichen Erscheinen sichtlich erschraken. Indra überflog dabei ein merkwürdiges Gefühl, war das Eifersucht? Sie verstand es nicht, erstens liebte sie Brostoczicz nicht, und dann hatte er graue Haare. Sie vergaß, daß er ein Verführer *par excellence* war und etwas von seinem Zauber noch eine jede, auch die sprödeste Frau, gefangen nahm. Und dann sah sie wieder auf seine kleinen Füße in kaffeebraunen Schuhen, in kaffeebraunen Strümpfen mit grünen Streublümchen und fragte sich: Hat er nun eine gute oder eine schlechte Stimme? Und sie wußte es noch immer nicht. Sie wußte nur, sie hatte ihm gegenüber das Gefühl eines kleinen Vogels vor der Klapperschlange. Er hielt sie in seinem Bann. Doch es war ein angenehmes Gruseln, das sie in seiner Nähe immer wieder beschlich.

Und so vergingen die Tage und Nächte, ein jeder schöner und stiller als der frühere. Das Kreuz des Südens glänzte immer heller. Doch es ward erst um zwei Uhr nachts sichtbar. Das war unbequem. Brostoczicz hatte sie schon zweimal geweckt, und sie saß auf dem Oberdeck mit ihm und hörte seinen Erklärungen zu. Das angenehme Gruseln erfaßte sie stärker. Endlich, nachdem die Lakkadiven und Maladiven passiert waren, kam man nach Ceylon. Einen ganzen Tag Aufenthalt in Colombo! Boris Brostoczicz hatte Indra versprochen, sie nach Mount Lavinia zu führen.

Und sie freute sich unendlich darauf. Auf der flachen Palmeninsel, deren Wunder sich erst nach und nach entfalten, fuhr sie mit Brostoczicz und Madame in der Rickshaw nach dem Bahnhof für Mount Lavinia. Lautlos stapften die nackten Füße der Rickshawmänner den roten Lateritboden. Sie liefen wie der Wind, an großen Palästen und Tempeln vorbei, an Bambushütten, in denen halbnackte Singhalesen, mit dem Mädchenkamm im Haar und dem weiblichen Chignon, eifrig hantierten, immer weiter ins Palmendickicht hinein, bis sie am Bahnhof hielten. Und in der Bahn war's dann noch viel schöner. Hart am Meer, dessen Brandung an die Felsen donnerte, fuhr der Zug längs eines dichten, endlosen Palmenwaldes. Viel zu früh war man am Ziel der Reise. Madame schien wenig gerührt von dieser Tropenpracht, sie dachte vielleicht an ihren Intendanten. Aber Boris war unermüdlich, Indra auf alles aufmerksam zu machen. Das Hotel selbst, ein weißer, früherer Sommerpalast des Governor, im Empirestil, hat eine schier unglaublich wunderbare Lage, nach drei Seiten Meer und die geschwungenen Küstenlinien mit den Federkronen der leuchtend grünen Kokospalmen ins Unendliche verdämmernd. Im Vordergrund wieder Palmenschäfte, sich nach allen Richtungen neigend, dahinter Klippen und Fischerboote mit halbnackten Fischern. Leider hatte das Schiff, »der große Kurfürst«, fast seine ganzen Kajütenpassagiere nach Mount Lavinia ausgespien, und an jedem verträumten Ort störten die mondänen Gruppen der lustigen Globetrotter, den intimen Zauber. – »Hier einmal allein sein mit dem, den man liebt,« dachte Indra. – »Nun will ich Sie zu den Spitzenklöpplerinnen führen und zu den Cinnamonpealers, den Zimmetbauern,« sagte Boris. Madame zog es vor, im Hotel bei den andern den Tee zu trinken. – Sie gingen also beide allein, erst in einem alten, buddhistischen Tempel vorbei, in den ein Priester mit geheimnisvollen Zeichen sie eintreten hieß und vor einen großen Goldbuddha führte. Die Luft war schwül, drinnen und draußen Treibhausluft! Indra fühlte sich darin im Innersten wachsen wie eine Blume, sie wußte aber nicht, ob zum guten oder zum bösen. Dann wanderten sie weglos durch das Palmendickicht nach den vielen, kleinen Häuschen, in deren jedem die braunen Singhalesen-Frauen und Kinder Spitzen klöppeln.

Und dann ging's immer tiefer nach dem Cinnamongrove, dem Zimmetbusch. Wie im Urwald war es hier, übermannshohe Bäume mit glänzend ovalen Blättern, fast wie Kamelien. Große Bündel waren schon geschichtet von den würzigen Hölzern und wurden gerade verladen, während wieder andere geschnitten und eingebündelt wurden. Ein Riesenbetrieb! – Indra fühlte sich in neuen Welten. Die Sonne stand schon schräg, und violette Schlagschatten kreuzten den Weg. Die herrlichen Palmensilhouetten hoben sich dunkel und immer dunkler wie von rotem Gold. Sie gingen wieder zurück auf einsamem Pfad, durch dichtes Buschwerk, auf weichem Lateritboden, rings alles still, nur zuweilen fiel eine Kokosnuß mit dumpfem Schall. – Da ergriff Boris zum ersten Male Indras Hand und küßte sie inbrünstig. Etwas in ihr sträubte sich dagegen, dennoch – sie konnte es ihm nicht wehren, die Welt war zu schön, und sie war ihm zu dankbar, daß er sie ihr so eingehend zeigte. Es war das erstemal, daß Brostoczicz dem Mädchen ein wärmeres Gefühl bewies. Zufällig sah sie in seine Augen, sie glimmerten wie Katzenaugen im Dunkel. Fast begann sie sich zu fürchten und beschleunigte ihren Schritt.

Herrlich war die kurze Rückfahrt in der Bahn. Und dann wieder der lautlose Trab der Rickshawmänner durch die blaue Abendlandschaft. Licht und Lachen aus allen Hütten unter den Palmenbäumen. Sie hatten noch etwas Zeit vor Abfahrt ihres Steamer und machten darum noch eine Rickshawrundfahrt, die Indra unsagbar genoß. Beim Ausruhen aller Glieder diese pfeilgeschwinde Beförderung durch die Märchenwelt. Sie fuhren nach dem Korso von Colombo, den »Cinnamongardens«, wo die feine Welt mit Auto, mit Zebuochsen und mit Pferden und Maultieren spazieren fuhr. Die Rickshawmen wanden sich geschickt durch das dichteste Gewühl und fuhren dann an einem reizenden See vorbei, um den die Abendlichter wie ein Sternenkranz flimmerten, durch die Pettah, die Eingeborenenstadt, nach dem Kai zurück. Am Abend, nach dem Dinner auf dem Schiff, sagte Boris zu ihr und Madame, nachdem sie an ihrem kleinen Tisch mit speisen zu Ende waren: »Kommen« die Damen herauf aufs Sonnendeck, wir haben Meerleuchten.« – »Ich habe Migräne,« sagte Madame, »und muß schlafen, ich habe es auch schon oft gesehen«, – aber Indra stieg hinauf.

Und das größte Mysterium der Schönheit zeigte sich ihrem schönheitsdurstigen Blick, in der duftblauen Nacht, in der Erde und Himmel in eins verdämmerten. An der Wellenschleppe des Dampfers sprühten phosphorblaue und gleißend gelbliche Brillantfeuer – am Bug der kleinsten Welle funkelten Brillanten – je mehr man hineinschaute, je tiefer und mystischer begannen sie zu leuchten. Sie saß wie verzückt – war das Wahrheit oder träumte sie? War denn eine solche Schönheit auf Erden möglich?

Andere Schiffe glitten vorüber wie Schwäne, lange Silberschleppen durchs Wasser ziehend. – Auch »ships that pass in the night«. Sie schaute und schaute. Und das mystische Schauspiel schien ihr wie das Leben selber, das auch die blauen Märchenfeuer in seinen Tiefen birgt, wenn man hineinschaut bis zum Grund. Wie wenige aber vermögen diese Schönheit zu sehen und zu fassen.

Nein, Indra wollte das ganze Leben auskosten, seine verborgensten Schönheiten ergründen. Nicht verzagen, wenn's aus der Oberfläche auch manchmal nur Leid und Jammer schien. Freilich jetzt, in dieser Transfiguration allen Lebens, war's schwer, an Jammer und Lebensnot zu glauben. Brostoczicz ging in eifrigem Gespräch mit Madame vorüber. – »Ich will nicht,« hörte sie ihn sagen. – »Du mußt,« sprach Madame. – Nach einer Weile kam er wie suchend und setzte sich zu ihr. Indra war ihm dankbar, daß er nicht sprach, das Herz war ihr zu voll von dieser überirdischen Schönheit. – – –

Endlich warf das Schiff Anker in Singapore. Madame erschien in ihrem besten Staat und hatte auch Indra veranlaßt, sich nach Kräften schön zu machen.

Um bei Madame Vais und ihrem Pensionat einen guten Eindruck zu machen. Sie sah reizend aus – aber das jungfräulich Herbe, Dianenhafte in ihrem Wesen war vielleicht noch stärker hervortretend als sonst, durch den Schleier von Weichheit, den die herrlichen Eindrücke dieser ersten »Weltreise« über ihre Seele gebreitet.

So dankbar war sie dem Himmel, daß sie dies alles schauen und erleben durfte! Nun möge er ihr nur ferner bescheren, daß es ihr gefallen möge bei Madame Vais, und sie auch deren Anforderungen in allem genügen möge. Sie sprach dies auch gegen Brostoczicz aus. Es zuckte sonderbar über sein Gesicht. Ziemlich früh am Morgen war man in Singapore. Boris hatte ihr gesagt, er habe mit Madame vereinbart, daß die acht Tage, die er noch hier sei, er Indra möglichst alle Merkwürdigkeiten des Landes zeigen würde, da sie später bei ihren häuslichen Pflichten kaum Zeit und Begleitung dafür fände. Sie war nur allzusehr hiermit zufrieden.

In dem unbeschreiblichen Trubel des Kommens und Abfahrens großer Dampfer kam jetzt eine ziemlich auffallende Dame auf Madame, Indra und Brostoczicz zugeschritten, die alle drei an der Reeling standen.

Sie trug ein kornblumenblaues, nicht ganz frisches Seidenkleid und einen wallenden Federhut über dem stark verblühten Gesicht, das die letzten Spuren ehemaliger Schönheit trug. – »Ludmilla, comment ça va,« rief Madame fröhlich und umarmte die blaue Dame.

Boris machte eine tiefe Verbeugung. »Guten Tag, Herr Mephisto,« sagte sie, »und wo haben's unsern Schützling, unsere neue Jungfer im Grünen?« – Indra trat errötend vor. – »Potztausend,« sagte Frau Ludmilla, »wo habt's dös Prachtstück aufgegabelt? Ja so, das Vermächtnis von unserer guten Meranow. Wenn die net bei Zeiten abgeflattert, hätt's a nöt hergefunden!« – Indra fühlte sich merkwürdig berührt, sie schaute fragend auf Boris. Und der Weltmann verstand sie. »Es ist ja nur eine Stieftochter von Frau Meranow, fast gleichaltrig mit ihr, sie standen auch nicht besonders. Da es ihr so gut geht mit ihrer Pension, hatten die Damen aber neuerdings wieder schriftlichen Verkehr miteinander angebahnt.« – »Und nun kommt's Vögerl in mein Käfig, und mir woll's schon zahm krieg'n, wie d' anderen,« sagte Madame Vais freundlich und klopfte Indra auf die Schulter. Unmerklich streifte diese die Berührung ab und ein leises, fast rätselhaftes Lächeln huschte über ihre Züge. Indra – und »zahm kriegen«. Die Frau würde sehen! Freiwillig tat sie alles, »zahm kriegen« ließ sie sich nie. – Die ganze Gesellschaft stieg nun in Rickshaws, und es ging erst durch die neue, schöne Fremdenstadt, an Rafflés Hotel, vor den großen Wiesen, vorbei, dann bog man in ein Gewirr zahlloser, kleiner Gäßchen, die einen merkwürdigen, fast ausgestorbenen Eindruck machten, oder als ob hier alles im Dornröschenschlaf läge. – In der Chinatown war's etwas lebendiger, aber dann ging es wieder in schmale, schmutzige Gassen mit niederen, dunklen Häusern. Es schien Indra, als ob sie aus diesem Labyrinth, ohne den Faden der Ariadne, niemals wieder herausfände. Die Rickshaws hielten. – »Meine Fräuleins schlafen noch, wir halten bis spät nachts Gesellschaft,« sagte Madame Vais. »Komm, Kind, ich zeig dir dein Zimmer, – ich nenne alle meine Fräulein du. Die acht Tage, die Boris hier bleibt, darfst du dich mit ihm vergnügen, hernach geht's aber stramm ins Geschirr.«

Sie führte Indra in ein dunkles, unfreundliches Loch, aber mit einem weißen, spitzenumsäumten Himmelbett.

»Im Schrank sind deine Abendkleider. Du brauchst sie aber noch nicht zu tragen.« – Indra trat schnell aus dem Zimmer auf Boris zu. »Wo bin ich hier?« – »In einem angesehenen Hause, mein Kind,« rief die blaue Dame. – »Sie müssen sich an die Landessitten gewöhnen, Fräulein Indra,« sagte Boris leise. »Wenn Sie sich nach Tisch etwas ausgeruht haben, zeige ich Ihnen die Stadt. Dann werden Sie erst sehen, wie schön es hier ist.« – Indra fragte nach Briefen, aber es konnten ja noch keine da sein. Dann setzte sie sich hin und schrieb einen zweiten langen Brief an ihre Mutter, mit allen Wundern ihrer Reise und allen Zweifeln, ob ihr neuer Aufenthalt auch geeignet für sie sei. Sie bat um umgehende, eventuell telegraphische Antwort. Die selbstsichere Indra fühlte plötzlich einen heißen Wunsch nach dem Rat und der Hilfe ihrer Mutter. Bei Tisch erschienen nur fünf Fräulein (zehn waren im Hause), teils aufgeputzt, um der »Neuen« Eindruck zu machen, teils mit Lockenwickeln und schlampigen Negligées.

Sie waren gut dressiert und taten den Mund nicht auf. Aber Indra konstatierte: bis auf eine, ein sanftes, blondes, feines Mädchen mit tadellosem Benehmen, aßen sie eine jede mit dem Messer. Es fehlte ihnen eben allen die Kinderstube!

Boris, der gleichfalls anwesend war, kam ihr etwas gedrückt vor. Doch als sie beide draußen wieder ihre Rickshaws bestiegen, heiterte sich sein Wesen bald auf. Und auch von ihr begannen die Schatten der Pension zu weichen. Es war zu schön, was er ihr zeigte. Erst waren sie in dem hübschen Rafflésmuseum, das Indra eine Fülle von Anregung und Belehrung bot. Später fuhren sie nach dem berühmten botanischen Garten. Der Weg dahin entzückte Indra, mit den Ausblicken aufs Meer, durch das köstlichste Palmen- und Bananendickicht. Aber dort erst, in dem Wunderpark mit seiner Tropenfülle von farbig blühenden Bäumen, kannte ihr Schönheitsrausch keine Grenzen. Da waren die Hibiskusbäume wie mit feuerroten, fleischfarbenen und rosa Tulpen übersät, die blaßlila Tumbergia schlang sich überall in üppigen Ranken, in Überfülle, sich fast zu Tode blühend. Das Solanum, weiß und lila, strahlte in leuchtendem Glanz. Schlanke Papyrus hoben ihre zierlichen Büschel von dunkelbraunem Hintergrund. Ein kleiner Wasserfall war an der Berglehne, der Garten streckte sich wie ein dichter Urwald den Berg hinauf, oder vielmehr, er war aus einem Urwald herausgehauen. – »Dort oben hat man eine sehr schöne Aussicht, die müssen wir einen anderen Tag erobern. Morgen wollen wir nach Johore, nach dem Park, dem Palast und der Moschee des Maharadja, wenn's geht auch nach seinem Fantam, der Spielhölle, die hier im Osten, ebenso wie das chinesisch-portugiesische Macao, ein kleines Monte Carlo bedeutet.«

Indra war's zufrieden. Sie spürte wohl Brostoczicz' Verlangen, sie von ihren Gedanken, Bedenken und ersten Eindrücken der »Pension Vais« abzulenken. Und ihre eigensten Wünsche kamen dem entgegen. Denn ihre Sehnsucht, seit frühester Kindheit, die Welt zu sehen, war so groß, daß sie ihren Ängsten und Befürchtungen ein starkes Gegengewicht bildete, dazu hatte sie hier in dem neuen und beunruhigenden Milieu das Gefühl einer gewissen Zusammengehörigkeit mit Brostoczicz, als wenn er ihr einziger Freund in Asien sei. Madame, der Gattin des Intendanten, gegenüber fühlte sie sich immer fremd, und vor Madame Vais grauste ihr – sie fand sie gewöhnlich, und ihre ganze Natur sträubte sich gegen sie. Boris war auf alle Fälle ein feingebildeter Weltmann mit Takt und Verständnis – und mit einem Empfinden für ihre leisesten Bedürfnisse. Mochte er sonst sein, was er wollte. Im Garten kannte er fast alle Bäume beim Namen, sie freute sich seiner Gesellschaft und konnte unendlich viel von ihm lernen. Ihre Wißbegierde war unendlich. – »Ich habe Madame Vais versprochen, Fräulein Indra,« begann er jetzt, »Sie in das Leben dieser fernen Welt einzuführen, Sie mit ihren Sitten und Gebräuchen bekannt zu machen, Sie das Leben wie es nun einmal ist, nicht wie es dem Idealisten scheint, verstehen zu lernen.« – Ein leises Lächeln umspielte dabei seine Lippen, das Indra peinlich berührte. Sie wußte nicht, warum.

Am Abend waren alle Fräulein bei Tisch, und die Vorstellung begann. Da waren zwei tiefschwarze Damen aus Warschau, polnische Jüdinnen, wie es Indra schien, die ein furchtbares Deutsch sprachen, Ella und Bella genannt. Da war eine hellblonde Italienerin, Carmela, in einer Art italienischen Phantasiekostüms. Indra versuchte, italienisch mit ihr zu sprechen, aber sie erhielt nur eine kaum verständliche Antwort. Da war Carmen, die Spanierin, in Bolerohut und Jacke. Ferner Ellicon, eine Griechin, in einer Art weißwollener Fustanella. Dann das feine, blonde Mädchen mit dem Madonnenscheitel und züchtigen Augenniederschlag, Margot, zu dem sich Indra schon beim Lunch hingezogen fühlte. Außerdem waren da noch ein paar Fräulein, schwarz und ebenfalls stark jüdisch, üppig und nicht mehr allzu jung, die als Französin, Russin und Amerikanerin figurierten. – »Abgelagerte Ware,« wie Madame sich ausdrückte. »Ich hab' halt für jeden Geschmack was auf Lager,« sagte sie lachend. Sie war am Abend wieder in Kornblumenblau, tief dekolletiert, mit gestärkten, weißen Spitzen. Hals und Arme waren rot und darum stark gepudert. Auf Indras erstaunte Frage, warum sie in solcher Toilette sei, sagte sie lachend: »Schau, Kind, ihr habt's doch hier jeden Abend Herrengesellschaft. Wenn die Vais nöt für Euern Jux sorget! Aber alleweil brauchst noch nöt umanand – wennst ganz eing'lebt, heranach machst dein Debüt.« Indra sah hilfeflehend auf Boris. Der sagte rasch: »Fräulein Indra ist doch vorläufig als Hausdame engagiert, und wenn sie den Damen für gutes Essen und einen geregelten Haushalt sorgt, kann sie doch außerdem tun und lassen, was ihr beliebt. Wenn sie vorzieht, abends aus ihrem Zimmer allein zu bleiben, kann sie das jederzeit tun.« – »Wird schon runterkommen wollen, wenn du ihr das Gusto dafür lehrst,« sagte Madame Vais lachend. – Warum duzte sie jetzt Boris, warum war die Frau so fürchterlich gewöhnlich, fragte sich Indra.

Das Essen war gut und reichlich. Zwei indische Boys servierten. Madame Vais hob die Tafel auf. »Willst Fräul' Indra das Haus zeigen, Margot?« Das Mädchen mit dem Madonnenscheitel lächelte süß. »Aber gerne, Madame, kommen Sie, Fräulein.« – »Aber sagt doch du zu enand, als gute Kameradinnen,« rief Madame ihnen noch nach. Boris gab Indra die Hand: »Gehen Sie früh schlafen, Fräulein Indra, morgen früh acht Uhr hol' ich Sie ab zum Maharadja von Johore.«

Er sagte das so ermutigend, daß sich Indra etwas getröstet fühlte bei der erfreulichen Aussicht und Margot rasch folgte, froh, von Madame Vais' Gegenwart erlöst zu sein. »Nun führ' ich Sie erst in die Bar und in den großen Empfangssalon,« sagte diese. Die Bar war eine Art Kantine, mit Likör- und Champagnerflaschen überreich bespickt. Daran anstoßend lag der Empfangssalon mit hartroten Wänden, an denen in riefenbreiten, billig weißgoldenen Rahmen schlechte Öldrucke prangten. Leda und der Schwan, Zeus und Io und mehrere weibliche Akte in unkeuschen Stellungen. – – »Madames Kunstsinn hat sich hier betätigt,« bemerkte Margot spöttisch lächelnd.

»Wenn es noch Öldrucke nach guten Originalen wären!« – »Wie lange sind Sie schon hier?« fragte Indra. – »Erst ein paar Monate,« entgegnete Margot, »aber es ist nicht schlimm hier, wenn man Madame den Willen tut.« – »Und der ist?« – »Geld verdienen,« sprach

Margot, listig lächelnd. Bei diesem Lächeln mußte Indra plötzlich an Boris' Lächeln vom Nachmittag denken. Margot mit diesem Lächeln aber erinnerte sie an die Monna Lisa. – »Ich will Ihnen noch mein eigenes Reich zeigen,« sagte jetzt Margot und öffnete ein Zimmer, das ganz mit rosa Cretonne ausgeschlagen und mit einer Spitzentoilette, einem spitzenverbrämten Bett und einem großen, frischen Rosenstrauß auf dem Tisch einen sehr traulichen Eindruck machte und Margots Schönheit hob. – »Das hab ich alles von Madame erreicht, weil sie zufrieden mit mir ist,« erzählte Margot. »Schaffen auch Sie sich ein behagliches Heim. Bei den anderen Mädchen sieht's wüst aus, und in anderen »Pensionen«, sie lächelte wieder leise, »erst recht. Doch Sie sehen müde aus, gehen Sie schlafen, genießen Sie die nächsten Tage mit Boris und dann – nehmen Sie die Welt, wie sie ist, heulen Sie mit den Wölfen und machen Sie's wie ich, *try to make the best of everything*. Es ist schon spät, ich muß mich fertig machen, bin ich doch Madame Vais' ›Hofdame‹.« – Sie machte einen tiefen Knix.

Indra ging in schweren Gedanken nach ihrem Zimmer. Aus den Kammern der Mädchen tönte Lachen, Gekreisch und Kichern. Sie waren nicht mehr so still wie unter Madame Vais' und der »Neuen« prüfenden Augen.

Indra war todmüde von allen Eindrücken, sie dachte krampfhaft an den Ausflug nach Johore und daß sie »Hausdame« sei und darum für die anderen Fräulein im Hause nicht verantwortlich. Sie wachte einmal auf in der Nacht, hörte Walzerspiel, gutes Spiel – es war wohl Margot, – und das Schlürfen tanzender Füße, auch Gelächter. »Das ist eine heitere Pension,« mit diesem Gedanken schlief sie wieder ein. Und am anderen Morgen kam Boris, sie abzuholen.

Er freute sich sichtlich, daß sie ihm so ausgeruht und frisch entgegenkam. – »Ich will die Tage Ihres Hierseins noch recht genießen und ausnutzen, nachher wird's doch fürchterlich,« sagte sie. »Madame ist mir im tiefsten unsympathisch, sie kommt mir ungebildet und roh vor.« – »Fräulein Indra,« sprach Boris, »vergessen Sie nicht, daß Sie in mir einen Freund haben. Wenn's Ihnen hier nicht gefällt, schreiben Sie mir, und ich bringe Sie in ein anderes Haus.« – »Oder nach Berlin zurück?« fragte Indra rasch. – »Das wird wohl vorläufig zu teuer sein, aber ich weiß gute Hausdamenstellen in Bangkok, in

Yokohama, und wenn alle Stricke reißen, in Tokio.« Indras Phantasie arbeitete flink, sich all die schönen, neuen Orte und Eindrücke in leuchtenden Farben zu vergegenwärtigen. Das gab ihr momentanen Trost.

»Und wann glauben Sie, daß ich Antwort von meiner Mutter haben kann?« – »Die müßte eigentlich schon da sein, kann aber nun jeden Tag eintreffen,« meinte er. Und dann fuhren sie erst in der Rickshaw, die Indra so sehr liebte, bis zum idyllisch gelegenen Bahnhof und von da nach einer kleinen Station, um den Buka Tinit (Erdbeerberg) zu besteigen. Doch als sie in dem urwaldartigen Gestrüpp auf verwucherten Pfaden emporgedrungen waren, fanden sie droben die Aussicht zugewachsen. Aber diese Tropenpracht war Indra dennoch eine neue Revelation. Sie wanderten nun auf der Landstraße unter einer hohen Allee von Indianrubberbäumen nach der nächsten Station. Die ganze Landstraße starrte von Fruchtbarkeit. Das Volk nennt diese Gegend den Liebesgarten. Zahlreiche Equipagen reicher Chinesen begegneten ihnen. Eine halbe Stunde später stiegen sie an der Fähre aus und fuhren über den schmalen Meeresarm nach der Residenz von Johore. Unendlich stattlich und anmutig bietet sich dem Auge dieser Wohnsitz eines indischen Maharadja dar, fast so exklusiv vornehm zugeknöpft und vorurteilsvoll kleinstädtisch wie eine kleine deutsche Residenz. Das Fantam (die Spielhölle), das Schloß mit dem Schloßpark und die »Hofkirche«. Herrlich liegt diese indisch-mohammedanische Moschee – sie gewährt vom Wasser aus einen geradezu großartigen Anblick. Und auch Schloß und Schloßpark wirken unendlich vornehm und exklusiv. Es war Indra zumute, als wenn sie in einem indischen Weimar herumspaziere. Ringsum hier alles ebenso still, einsam und verschlafen wie dort. Der Waffen- und Festsaal beschäftigte ihre Phantasie. In der Moschee mußten sie sich ihrer Schuhe entledigen und in ihren vom Aufseher übergestülpten Bambuschen herumschlürfen. Der Park aber in seiner phantastischen Tropenfülle, mit seinen Schauern südlicher Blüten, erregte ihre Sinne bis aufs äußerste. Nie, schien es ihr, hatte sie noch solch leidenschaftlich üppiges Wachsen und Verschlingen gesehen. Es war ihr, als wollten sich alle Zweige verflechten und inbrünstig umklammern. Es war wie ein Liebessinnenrausch durch den ganzen, tiefverwucherten Park. Wie im Traum wanderte sie an Boris' Seite. Der Gärtner, sein braunes Baby auf dem Arm, wanderte mit ihnen, um ihnen alle verborgenen und tiefbemoosten Wasserkünste zu zeigen. Eine Atmosphäre von Wollust hauchte aus den Büschen.

Wie viel leichter war es doch in Europa, kühl und vernünftig zu bleiben, als hier unter indischer Sonne. Oder vielmehr der Sonne der »strayed settlements«. Wieder fühlte sich Indra wachsen in der schwülen Treibhausluft. Aber sie wußte immer noch nicht, ob zum Guten, ob zum Schlechten. Die Rückfahrt war herrlich, und sie duldete es nun, daß Boris ihre Hand ergriff und in der seinen hielt, aus der es wie Feuer zu ihr hinüberzuckte. War er nicht ihr einziger Halt und Retter in der Fremde? Beleuchtung und Stimmung der Natur waren unsagbar schön. Beim Abschied sagte er: »Heute abend komme ich, Sie in die Stadt der Liebe zu führen.« Sie sah ihn fragend an. »Ich werd' Ihnen all die Stätten zeigen, wegen derer Singapore berühmt ist in der ganzen Welt.«

Und am Abend fuhren beide, wieder in der Rickshaw, durch all die kleinen Gäßchen, die am Tage so einsam und verschlafen daliegen wie im Dornröschenschlaf. Sie hatten jetzt ein tausendfaches Leben. Stunden und Stunden fuhren sie, erst durchs Chinesenviertel, das so groß ist wie eine Stadt für sich. – »Ich zeige Ihnen das Leben wie es ist, und nicht, wie es Kinder, Jungfrauen und alte Jungfern auffassen, den wilden Tanz der Sinne um das goldene Kalb der Lust. – Hier sehen Sie all die Tausende von »Singsonggirls«, die für Geld dem Mann, jedem Mann, ihre Liebe schenken. Für ein paar Minuten, für ein paar Stunden, für eine Nacht – je nach Wunsch und Preis. Sie sind ein Kind, Indra, Sie wissen. Sie ahnen nicht, welchen Genuß die Liebe, die sinnliche Liebe, dem Menschen bietet. Sehen Sie hier den Liebesmarkt der ganzen Welt! Sehen Sie hier, diese Chinesinnen, wie sie erst auf ihrem Hausaltar den Götzen opfern. Wie sie alles in Schönheit und in Naivität und Selbstverständlichkeit tun. Denn die Sinne sind keine Sünde. Nur die Welt, nur die Religion hat sie dazu gestempelt. Wenn Sie's noch nicht wissen, die Pension der Madame Vais ist an Freudenhaus, und Sie wären dazu geschaffen, seine Königin zu werden.« – Indra sah ihn mit großen, entsetzten Augen an. – »Kommen wir jetzt zu den Spanierinnen.« – Die saßen längs enger, dunkler Gassen, in rosa und blaue, luftige Kimonos gehüllt, in Schaukelstühlen. Die Nacht war schwül und schwer. Es ging wie Taubengirren durch die Reihen. –

»Tun die alle nicht ein gutes Werk und ein verdienstliches, den Sinnendrang des Mannes zu stillen? Wer findet ein Unrecht darin? Und sie mehren dadurch ihr Heiratsgut und werden später die geachtesten Ehefrauen. Nur in Europa, der großen Heuchelanstalt, ist der Hetärenberuf, der ein ebenso gutes und ein ebenso notwendiges Gewerbe ist wie jedes andere, verfehmt und verschrien. Nur damit im geheimen die ganze Männerwelt ihm desto eifriger Tribut zahlt mit all ihrem Leben und Sein. Alles ist verlogen in Europa, die käufliche Liebe aber am meisten.« – »Halten Sie ein,« rief Indra, »das macht mich wahnsinnig.« – »Fragen Sie Ihre tiefste Natur, Indra, drängt nicht alles in Ihnen, seitdem Sie auf Asiens Boden, der großen Brutanstalt der Sinne, sind, der sinnlichen Liebe entgegen? Und nur Konvention und Erziehung halten Sie ab, sich in meine Arme zu stürzen und Liebe, momentane Lust und Liebe zu geben und zu nehmen. Es ist alles in euch höheren Töchtern nur verbogene Natur, andressierte Konvention. Ich könnte dich jetzt nehmen, wenn ich wollte, aber ich will, daß du dich mir freiwillig gibst, weil deine Sinne sich nach den meinen sehnen, wie die meinen nach dir.«

Er schwieg. Ein Zittern überflog Indra. Sie standen am Eingang einer der dunklen Japanergassen, in denen die Lust sprungbereit am Boden kauert.

»All eure ganze Sehnsucht, ihr höheren Töchter,« fuhr Boris fort, »ist aus einem Punkte zu kurieren, wie Goethe sagt. Gebt euch dem kräftigen, gesunden Mann, der euch liebt und der euch gefällt, und ihr bleibt gesund und leistungsfähig und wißt nichts von Bleichsucht und Hysterie. Wozu wurden uns denn die Sinne gegeben, wenn wir sie nicht gebrauchen sollen? Nur all eure Unnatur erzeugt unnatürliche Laster und Gewohnheiten. Und nun Verzeihung, Fräulein Indra, ich bin wieder der glatte Weltmann. Ich werde Ihnen nach der chinesisch-japanischen Liebe noch die Moden von Europa zeigen, dann können Sie heute nacht über alles nachdenken.

Morgen gehen wir nach dem Aussichtsberg über dem botanischen Garten. Dann sollen Sie mir Angesichts der schönen Welt dort oben die Antwort geben, ob Sie meine Sinne erhören wollen oder nicht.«

Mit gramzerwühlten Mienen sah ihm Indra ins Gesicht. Sie stiegen wieder in die Rickshaw und fuhren nun durch das europäische Freudenviertel. Vor allen Häusern standen geschminkte, grellgekleidete Dämchen und lächelten: »*Bon jour, Monsieur, good evening Sir, will you have a drink with me?* Wollen Sie eins mit mir trinken?« Mitten in der Straße aber war ein kleines Haus mit drei Stufen. Eine bunte Laterne strahlte darüber, darauf las man: »Pension Vais.«

Auf der obersten Stufe stand die tief dekolletierte Madame Vais. *Entrez Messieurs, voiçi le paradis terrestre. – Vous trouverez les Houris de tous les pays.*« – »Immer herein, meine Herrschaften, für jeden Geschmack hab' ich was auf Lager, und beim Champagner werdet's schon einig.« – Indra hatte kaum Kraft, die steilen Stufen emporzuklimmen. In ihrem dunklen Zimmer warf sie sich aufs Bett. Ihre Seele schrie, und ihre Sinne schrien – nach Boris »Was soll werden, was soll werden?« Seele und Sinne schrien es ihr die ganze Nacht. Wie fand sie sich zurecht in dem Labyrinth ihres Lebens? Wo war der Ariadnefaden, der sie hinausführte aus der Nacht der dunklen Gewalten in das helle, reine Licht des Tages. Tränenüberströmt lag sie auf ihren Kissen. Von drunten drang Tanzmusik, von allen Seiten hauchte zärtliches Geflüster. Die Lust war wie durchsetzt mit Wollust. Was alles hatte Boris gesagt? Und worüber Margots zynisches Lächeln? Hatten sie nicht beide recht? Wozu gab uns Gott die Sinne, wenn wir sie nicht gebrauchen sollen? War's aber nicht eine tödliche Sünde, die körperliche Hingabe, ohne Seelenliebe, die körperliche Hingabe ohne »obrigkeitliche Genehmigung« der Ehe? Wo aber ist die Grenze zwischen Seele und Sinnen? Spielt nicht eins ins andere hinüber? Liebte sie Boris vielleicht ebenso mit der Seele? Verstand er sie nicht in allem? Erriet er nicht all ihre Gedanken? Aber hatte er sie nicht vielleicht verraten und ausgeliefert? Zum erstenmal dämmerte die Ahnung dieser furchtbaren Möglichkeit in ihrer Seele auf. Aber sie verwarf sie sogleich wieder. Es war doch nicht seine Schuld, daß Madame Meranow sterben mußte, und daß sie in dies abscheuliche Haus kam.

Warum aber war er so intim in diesem Hause? Wie stand er mit Maidame Toussaint, der »Frau des Intendanten«, die seit zwei Tagen aus ihrem Gesichtskreis verschwunden war, nachdem sie doch vorher so intim mit Madame Vais getan? – Wer gab ihr Antwort auf all diese Fragen? War sie nicht von Rätseln umgeben? Und war sie sich nicht selber das größte Rätsel? Was hatte sie gewaltsam die Augen schließen lassen vor der furchtbaren Erkenntnis der »pension« von Madame Vais, wenn nicht der Gedanke – in Boris' Nähe ließe sich alles ertragen? Und nun ging er fort und ließ sie allein. Aber sollte sie nicht vorher noch einmal glücklich mit ihm sein, schrankenlos glücklich? Es überlief sie heiß und kalt. Sie streckte die Arme aus – Boris. Wenn er jetzt hier stände, könnte sie ihm nichts versagen. Was aber sollte hernach werden, wenn sie allein wäre als »Hausdame« von Madame Vais.

Wenn ihr diese die schönen Kleider aufzwänge und sie hinunterstieße zwischen die anderen »Pensionsfräulein«, zu gefälligen Diensten für jeden, der zahlte? – Sie mußte fliehen, sie mußte sterben! Aber wie? Zum ersten hatte sie kein Geld, und zum zweiten – sie war noch so jung, sie war noch niemals glücklich gewesen, das Leben hatte noch so viel tausend Möglichkeiten für sie.

Gegen Morgen erst fiel sie in einen schweren Schlaf. – Madame Vais rief von der Tür her: »Brostoczicz will das Vögerl abholen zur Bergpartie. Ein lustig's Leben hat's hier und keine Pflichten – bis jetzt!«

»Ich komme in einer halben Stunde,« antwortete Indra und stand bald darauf Brostoczicz gegenüber. Sie sahen alle beide übernächtig aus, mit tiefen Ringen unter den Augen.

Draußen warteten schon die Rickshawmänner, die sie zum botanischen Garten fuhren.

Von dort ging's im Tragkorb noch zwei Stunden den steilen Weg durch den Urwald hinauf. – Oben war ein überwältigender Blick auf den ganzen Hafen von Singapore, die kleine Bucht mit dem herrlichen Seebad Tandjong Priok und bis hinüber nach Johore.

Sie saßen lange schweigend, dann packte Boris seine Frühstückstasche aus. »Fräulein Indra,« sagte er jetzt, »es geht mir sonderbar in meinem Leben. Zum erstenmal, daß ich eine Frau wahrhaft liebe. Früher ließ ich mich nur immer lieben und – verführte. Sie aber liebe ich, nun es zu spät ist – ich bin Ihrer nicht mehr wert, ich bin – ich habe –« er schwieg. Indra sah ihn von der Seite an. Sein Gesicht schien ihr zum erstenmal alt und verwüstet. – Es flog auch nicht wie sonst, wie Wetterleuchten über Wolken, ein flüchtiges, fragliches Lächeln über seine dunklen Züge. Er sah sie gar nicht an, er kämpfte vergebens gegen eine übermächtige Bewegung. – »Verzeih mir,« sagte er plötzlich und küßte den Saum ihres Kleides. Dann saßen sie lange, ohne ein Wort zu sprechen. Stunden waren vergangen, die Sonne warf schon schräge Strahlen, und die Koolies bedeuteten, daß es Zeit zum Aufbruch sei.

»Indra,« sprach dann Boris plötzlich, »morgen ist der letzte Tag, ich halte es nicht mehr aus. Wir gehen morgen zu dieser kleinen Meeresbucht, wo die vielen Palmen stehen. Das ist ein beliebter Badeort, dort wollen wir die Sonne untergehen sehen – und Abschied nehmen.« – »Und ich soll ganz allein bei Madame Vais bleiben, deren Person, deren Gewerbe, deren Haus ich verabscheue?« – »Wir haben heut' den zwanzigsten November, Anfang März hab' ich Geschäfte in Yokohama, ich weiß dort ein besseres Haus für Sie und werde Sie dorthin auf meine Rechnung und Gefahr mitnehmen, wenn Sie bis dahin Madame Vais scheinbar zu Gefallen leben, so daß, was Sie ihr in der Gegenwart versagen, sie von der Zukunft hoffen lassen, wollen Sie? Das ist für Sie der einzige Weg, sich vor ihr zu retten, denn sonst gibt sie Sie nimmer frei. Sie hat teuer genug für Sie bezahlt, von Ale… von Tunis bis Singapore, Reisegeld für Sie und Madame Toussaint.« – Indra starrte ins Leere. »Warum kommt noch immer keine Antwort von meiner Mutter,« fragte sie plötzlich. »Wenn sie nichts mehr von mir wissen wollte! Wenn der ungewollte Aufenthalt im Hause der Madame Vais ihr schon Grund genug wäre, mich aus ihrem Herzen zu stoßen. Was bliebe mir dann übrig?«

»Die Sinnenliebe,« erwiderte Boris, »und eine Lais, eine moderne Aspasia zu werden, eine Ninon de l'Enclos – eine Indra.«

Wieder war Indras Nacht von Kämpfen und Verzweiflung durchwühlt und von jäher, ihr ganz ungewohnter, körperlicher Unrast und Sehnsucht. – Morgen war der letzte Tag mit Boris – er war unglücklich – wenn sie sich ihm gab, gab sie seinen und ihren Sinnen nach. Warum denen noch wehren, wenn man ein Mitglied der Pension Vais war! – Sie hörte Kichern und Küssen von nebenan und wühlte ihren Kopf tief in die Kissen. War sie schon eine Verworfene, da sie solche verworfenen Wünsche spürte? Hatte der große Liebesmarkt ringsum seine grelle Brunstfackel auch in ihre weiße Seele geworfen?

Und der Morgen kam. Sie stand diesmal früh auf und schrieb abermals einen zwölf Seiten langen Brief an ihre Mutter. Niemals hatte die stolze, verschlossene Indra die Mutter so tief in ihre Seele blicken lassen. Aber die bittere Herzensnot prägte und zwang ihre Bekenntnisse. Sie erflehte eine telegraphische Geldsendung, damit sie heimlich entfliehen könne. Sie beschwor die Mutter bei allem, was ihr heilig sei, sie aus ihrer tiefen Not zu retten. Noch sei sie unschuldig, und sie schloß mit den Worten der Emilia Galotti: »Auch meine Sinne sind Sinne. Gewalt fürchte ich nicht, aber Verführung, Verführung ist die höchste Gewalt, rette mich, Mutter, wenn du nicht dein letztes Kind verlieren willst.« – Sie bat Brostoczicz bei seinem Kommen, den Brief, als Eilpost eingeschrieben, zu bestellen. Sie sah nicht seinen gequälten Gesichtsausdruck, und die unwillkürlich abwehrende Bewegung seiner Hände. Mit einem Seufzer steckte er den Brief in seine Brusttasche. Indra wollte, daß sie ihn beide gleich besorgten, sie selber hatte keinen Pfennig Geld mehr. Aber er murmelte etwas, das klang, wie wenn der Steamer doch erst übermorgen fortführe, und der Postschalter jetzt geschlossen sei. Indra mußte sich gedulden. Nun hatte sie seit ihrer Abreise schon fünfmal geschrieben und noch nicht das geringste Lebenszeichen erhalten. Sie wunderte sich, daß man ihr keine Briefe von Tunis nachschickte. Ihre Mutter war nun gewiß ärgerlich, daß sie so selbstherrlich die Singaporeofferte angenommen und, ohne ihren Rat einzuholen, dorthin gefahren war. Wie würde sie sich erst empören, wenn sie die Art von Madame Vais »Pension« erfuhr. Vielleicht würde sie Indra nie verzeihen. Nein, nur das nicht, nur das nicht.

In all diesen Gedanken fuhr sie mit Brostoczicz in der Pferdebahn durch die lange Vorstadt von Singapore nach der Haltestelle für das Bad Tandjong Priok.

Sie mußten noch eine halbe Stunde durch dichten Palmenwald wandern, bis sie an den berühmten Badestrand kamen, der sich herrlich weit und weiß vor ihren Blicken dehnte. Über dem Weg standen reizende Bungalows mit wunderschönen, blütenüberschütteten, duftumwogten Gärten. Ylang-Ylang-Bäume sandten ihren betäubenden Hauch bis zum Wasser. Es sah aus, als müsse in jeder dieser Villen das Glück wohnen. Als könne das gar nicht anders, als müsse das so sein. Stundenlang lagen sie am Strande und genossen das herrliche Bild. Schon war die Sonne ins Meer gesunken wie ein purpurner Feuerball, tiefschwarzviolett stand das Meer gegen die rote Glut am Horizont. –

Und nun stieg von der anderen Seite der Mond empor, fast ebenso purpurn und groß wie der Sonnenball vorher gewesen war. Sie wanderten wieder auf und ab, rastlos. Boris hob die kleinen, grünen, unscheinbaren Blütenbüschel der Ylang-Ylang-Bäume, die der Nachtwind von den Bäumen schüttelte, und gab sie in Indras Hände, überschauerte sie damit wie mit einem Regen. Die Nacht war schwül wie Treibhausluft. – »Was ist das für ein Haus, Brostoczicz, wohin Sie mich nach Yokohama holen, ist das auch ein Freudenhaus, kann ich nicht mehr heraus aus diesem Bann?«

»Ja, ich will Ihnen Wahrheit geben, Indra, es ist ein Haus der Freude, aber es sind nur Japanerinnen dort, und was Sie hier im europäischen Haus verletzt und stört, werden Sie dort nicht empfinden. Der asiatische Astartenkult steht turmhoch über dem unseren. Was in Europa Schmutz und Kot heißt, gilt dort für selbstverständlich, für ethisch berechtigt. Ich sagte Ihnen schon so oft, es gilt als die freie, natürliche Entfaltung unseres Körpers wie die Entfaltung der Blumen und Knospen an den Bäumen. Indra, könnten auch Sie sich nicht zu dieser Erkenntnis durchringen? Dann wüßte ich Sie doch ruhiger und glücklicher. Dann brauchte ich mir keine Vorwürfe mehr zu machen, Sie so lange bei Madame Vais zu lassen. Es ist keine Sünde, den Sinnen zu geben, was der Sinne ist; das ist ja alles nur verlogene europäische Konvention.« – Er sah, wie ein leises Zittern ihren Körper überlief. – »Indra, soll ich dich lehren, was die Sinne sind, und wie süß es ist, ihrem Begehr zu folgen?« – Ein leises Schluchzen drang an sein Ohr. Da riß er sie an sich und zog sie in das Palmendunkel.

Dort gab sich ihm die stolze, reine, dianenhafte Indra in zitternder Brunst. Dort schlürfte sie aus dem Taumelkelch der Sinne, aber nicht in Sünden und Schmutz, sondern in echtem Empfinden. Und niemals hatte Boris, der große Verführer, der abgefeimte Schurke, reiner empfunden, als da er dieses reine Weib wissend machte, es einweihte zu seinem Beruf der »Phryne«, den das Schicksal wie ein Lasso über ihr Haupt geworfen, wider ihr eigenes Wissen und Wollen. Die reine Seele trägt einen Mantel von Asbest, er bleibt auch im Feuer unversehrt und weiß im Kot.

Vier Wochen schon war Indra Hausdame bei Madame Vais. Mit ihrem hausfraulichen Walten war diese äußerst zufrieden, weit weniger aber mit ihrem Benehmen im Salon, wo sie, wie Madame sagte, die Unnahbare markierte.

Doch sie hoffte, das würde sich alles mit der Zeit geben, wenn das Liebesfluidum sie völlig durchtränkt hätte. Sie kam ja aus einer gar zu fernen Welt. Trotzdem glaubte Madame, daß Indra eine Zukunft hätte, und war darum entschlossen, sie in keinem Fall in den nächsten Jahren wieder herzugeben. – Brostoczicz hatte ihr schon einmal einen Austausch für sie mit einer Japanerin, aus *Number nine* in Yokohama, vorgeschlagen. Sie hatte ja doch genug deutsche Mädchen, und in Margot eine vollkommene Repräsentantin der Nation. So eine kleine Geisha, die den Männern wie eine kleine Maus über den Rücken spaziert, wäre doch wirklich eine Bereicherung der »*pension*« Vais. – Sie wollte sich's überlegen, wenn Boris wiederkäme; vielleicht behielt sie auch dann alle beide, er solle die kleine Maus nur bringen.

Das Geschäft ging ganz gut in letzter Zeit! Es hatte entschieden einen vornehmeren Anstrich bekommen seit Indras Hausdamenschaft. Unwillkürlich waren sämtliche Preise gestiegen. Für Indra waren schon beträchtliche Angebote bei Madame eingelaufen, ihr selbst wagte man sie gar nicht ins Gesicht zu sagen, wenn sie einen so abweisend ansah. Madame wollte sie nicht zwingen. Noch nicht. Sie war eine Menschenkennerin und wollte das Früchtchen erst vollreif werden lassen. Margot war in ihrem Zenith. Wenn sie mit gebeugtem Köpfchen, ihrem Madonnenscheitel und ihrem weißen Spitzenkleidchen, die »Kunden« so taubenhaft unschuldig anschaute, waren alle hingerissen, besonders die Schwarzen. Und sie kamen auch immer wieder. Margot hatte eine feste Kundschaft, und das Geschäft ging flott. Sie hatte sich zehn Prozent Reingewinn von Madame erbeten und hatte auch schon ganz hübsche Preise. Sie war einfach süß und so echt weiblich. Sie betrieb das Geschäft vollkommen als *amateur, l'art pour l'art*, seit ihrer frühesten Jugend. Sie war aus guter Familie, aber früh Waise geworden. Trotzdem hatte sie eine glänzende Erziehung genossen, ihr Lehrerinnenexamen gemacht, und war von ihrem achtzehnten bis sechsundzwanzigsten Jahre bei den vier Kindern eines reichen Landedelmannes im Elsaß als Erzieherin tätig gewesen. Sie ward dort allgemein geliebt, geachtet, verehrt und bewundert und erfreute sich des tadellosesten Rufes. Jeden Sommer hatte sie vier Wochen Ferien, die sie stets in Kolmar bei »alten Freunden« der Familie verlebte (Adresse *poste restante*).

Im ersten Freudenhaus von Kolmar ward sie jeden ersten Juli (unter dem Namen Angela) von der ganzen Garnison mit ungeduldiger Freude erwartet. – Nach acht Jahren machte ein unglücklicher Zufall dem Stilleben und Doppelleben ein jähes Ende. Sie ward mit Schimpf und Schande aus dem Hause gejagt. Doch Margot ließ sich von Kolmar aus nach Singapore verschreiben. Sie war eine Lebens- und Liebeskünstlerin von unermüdlicher Ausdauer und Genußfähigkeit und animierte dadurch auch ihre jeweiligen Partner. Wie gesagt, sie war unendlich beliebt, wohin sie auch immer kam. Indra hatte sich an sie anschließen müssen; war sie doch immerhin, ihrer Bildung nach, der einzig mögliche Verkehr. Indra konnte mit ihr über alles sprechen. Aber Margot hatte ein Steckenpferd – die Sinneslust und die Sinnesfreude. Sie konnte sich auch nicht vorstellen, daß diese in einer Frauenbrust jemals erlöschen könnten. Madame hielt sie für einen geeigneten Umgang für Indra, gab dieser daher auch ein Zimmer mit geöffneter Durchgangstür neben Margot. Indra lernte viel, dachte viel, litt viel, litt unendlich. Von ihrer Mutter war noch immer kein Lebenszeichen gekommen. Indra fing nun allen Ernstes an zu glauben, Frau Versen wolle nichts mehr von ihrer Tochter wissen. Nachdem auch auf den beschwörenden Brief mit der Bitte um telegraphische Geldsendung, dem am anderen Tage eine nochmalige flehende Bittkarte um Eile gefolgt war, die ihr Boris sofort besorgt hatte, kein Lebenszeichen erfolgt war, auch nicht das leiseste Lebenszeichen! Nun hatte sie niemand, zu dem sie ein Zusammengehörigkeitsgefühl hatte, außer Boris. Aber auch an ihm fing sie wieder an zu zweifeln, nachdem ihr Margot mancherlei über ihn erzählt. Dunkle Gerüchte umgaben seine Person. Man sagte, er sei durch schändliches Gewerbe schwer reich geworden.

Nun war bald Weihnacht. Tiefe Wehmut überkam Indra bei diesem Gedanken. Ihre einzige Rettung war, sich mit Feuereifer auf den Hausstand zu werfen. Noch nie hatten die Damen der »pension« Vais so gut gegessen wie seit Indras Regiment. Und noch nie hatte Madame Vais so wenig Wirtschaftsgeld verbraucht. Indra hatte nicht umsonst den jahrelangen Kampf mit dem Pfennig durchgefochten. Eines Abends zeitig, sie trug gerade ein Glas mit Tuberrosen in den Salon, kam ein Fremder und fragte nach Fräulein Margot. Er war groß und schlank und hatte ein freies, stolzes, schönes Gesicht und Augen wie blaue Edelsteine. Indra schaute hinein, und es beschlich sie ein Gefühl des Neides, daß er nach Margot verlangte. »Sie sind noch nicht lange hier?« fragte er sie. – Indra: »Seit einem Monat, aber ich bin nur Hausdame.« – »Nur ist gut,« sagte er; »danken Sie Gott dafür und bleiben Sie immer nur.« – Indem trat Margot herein. Er sprang ihr entgegen und küßte ihr ritterlich die Hand. Sie sah ihn an wie ein verliebtes Kätzchen (sie sah reizender aus denn je in dem kindlichen Spitzenkleidchen), dann ging sie ans Klavier und spielte Chopin, sein Lieblingsstück. Sie spielte sehr gut. Der Ausdruck in seinen Zügen ergriff Indra. Margot sprang dann plötzlich auf, nahm eine Champagnerflasche und zwei Gläser. »Hausdame, notier's!« rief sie lachend zu Indra hinüber und verschwand mit ihrem Freund nach ihrem Zimmer. Indra strich sich über die Stirn – war der nicht zu schade für Margot, der es weniger auf das Individuum als auf die Masse ankam? Sie steckte sich ein Zweiglein Tuberrosen an ihr schwarzes Kleidchen; sie trug sich ostentativ einfach. Madame schwieg dazu, weil sie sich sagte, um so mehr werde Indras Persönlichkeit auffallen, später, wenn sie anderweitig fürs »Geschäft« wirkte. Und sie sah wirklich überall nach dem Rechten und ließ keinen Gast, ohne daß er gezahlt hatte, heimlich hinausschlüpfen, wie es früher mehrfach vorgekommen war. – Wirklich, Madame war äußerst zufrieden. Indra war eine wirtschaftliche Perle und mußte in der »Liebe« Königin werden, wie sie sich poetisch ausdrückte, nachdem sie dies einmal von Boris gehört. Indra saß und wartete, Margot und der Fremde kamen nicht wieder.

Andere Herren fragten nach Ella und Bella. »Manche Herren woll'n was recht Schwarzes,« sagte Madame. Auch Spanierin, Italienerin und Griechin, wurden gewünscht, und die übrigen lehnten mit Madame malerisch an der Haustür. Der Fremde stand plötzlich wieder vor Indra. »Bitte, nehmen Sie ein drittes Glas und kommen Sie, mit uns anzustoßen.« – »Hat das Margot gewünscht?« – »Nein, aber ich wünsche es.« – »In Margots Zimmer und jetzt, nachdem?« sagte sie langsam. Eine dunkle Röte stieg in des Fremden Stirn. »Dann also nicht,« und er ging hinaus. – Indra aber fühlte, sie hatte recht getan, sie konnte mit keiner teilen.

Als der Fremde ging und den Champagner bei Indra zahlte, fragte er sie: »Wollen Sie das nächste Mal mit mir allein in Champagner anstoßen?« Nun war es Indra, die errötete. Sie blieb die Antwort schuldig. – Am anderen Abend kam er wieder – wieder so früh wie gestern. Und wieder traf er Indra allein. »Ich werde Margot rufen.« – »Nein, heut' komm' ich wegen Ihrer.« – »Was wollen Sie von mir?« – »Sie sehen, Sie sprechen, Ihr Wesen fühlen!« – »Kann man das?« – »Wenn man eine verwandte Seele hat, ja!« – »Was können Sie mit einem Mitglied der »Pension Vais« gemeinsam haben?« fragte sie bitter. – »Die Sehnsucht,« sagte er leise. Aus Indras Augen quollen Tränen. Sie stand auf, reichte ihm stumm die Hand und eilte hinaus.

Sie hörte ihn hernach in Margots Zimmer, Margots Taubengirren, seine dunkle, metallische Stimme. Es tat weh wie ein körperlicher Schmerz. Als er später den Champagner zahlte, hatte er wieder eine rote Stirn, wie in Scham. Dann küßte er ihr die Hand. »Wie Margot,« dachte sie bitter. Er kam nicht wieder. Abend für Abend wartete sie vergebens. Dann fragte sie einmal Margot nach ihm. Die konnte sich kaum noch erinnern, wen sie meine. »Ach den, das ist ein englischer Marineoffizier, er ist sehr nett, sehr reich und sehr generös. Aber allzu philosophisch veranlagt. Von der »Ars amandi« weiß er wenig.« Wieder lächelte sie ihr Monna-Lisa-Lächeln. »Trotzdem verkehrt er mit keiner anderen Frau in ganz Asien als mit mir. Und ich glaube es ihm gern, er ist keine starke Natur.« Margot nannte nur »Stiere« stark, alle anderen waren in ihren Augen Schwächlinge und Impotente.

Am Weihnachtsabend ging es besonders lustig zu in der Pension Vais. Indra hatte ein Orangenbäumchen als Christbaum mit Lichtern frisiert, und Margot spielte dazu »Stille Nacht, heilige Nacht«. Wie eine Blasphemie erschien es Indra. Es wurde viel Punsch konsumiert an jenem Abend, alle Fräulein waren separat beschäftigt, und Madame strahlte.

Drei Angebote hatte sie heute für Indra. Sie vertröstete alle Liebhaber auf die nächste Zukunft. Aber sie mußte dem Mädchen doch sagen, daß, wenn sie nur wolle, sie Margot bald Konkurrenz machen könne. – »Aber ich will nicht,« sagte Indra, »ich bin Hausdame, man kann nicht zweien Herren dienen.« – Und das Leben ging seinen Gang. Es kam kein Brief für sie, ihre Mutter hatte sie vergessen.

Ihr war's, als solle sie innerlich versteinen. Nun war sie vogelfrei – nun konnte der erste beste seinen Mut an ihr fühlen, und keiner durfte es ihm verwehren. Wenn nur Boris bald kam, sie von hier fortzunehmen. Die »europäische« Sinnenlust ward ihr immer schrecklicher. Wie recht doch Boris hatte, daß die Asiaten alles viel harmloser, viel natürlicher auffassen und viel selbstverständlicher und daher weniger verletzend. Und wie ganz anders wieder war die Stellung der »Hetäre« bei den Asiaten. Das konnte sie schon an den Singjonggirls und den japanischen Freudenmädchen beobachten, die von den Ihren nicht wie Ausgestoßene, sondern wie ihresgleichen behandelt wurden. Mit Ruhe und selbstverständlicher Höflichkeit. Während die Männer, die Europäer und Amerikaner, die die Pension Vais frequentierten, zuerst mit karikierter Förmlichkeit und Courtoisie, sobald sie sich unbeobachtet glaubten, mit zupackender Roheit auftraten. Ella und Bella berechtigten auch zu dieser Art. Und die anderen exotischen Europäerinnen gleichfalls. Margot aber ließ sich das einfach nicht gestatten und hatte sich denn auch aus ihren ständigen und vorübergehenden Kunden einen richtigen Hofstaat gebildet. Die »zupackende Roheit« goutierte sie jedenfalls nicht in der Öffentlichkeit! Aber das Hetärentum in Europa mußte sehr im argen liegen, das ersah Indra aus seinen Dependenzen in Asien. Sie dachte viel über Boris' Worte nach, er hatte vollkommen recht. Nicht die Sinne und die Sinnlichkeit an sich sind das Tadelnswerte, sondern der Popanz, den die Kulturmenschen daraus machen.

Und so gingen die Tage ihren Lauf. Margots Freund kam nicht wieder. Das wäre der einzige gewesen, nach dem ihre Sinne Verlangen getragen unter all der bunten, zusammengewürfelten Männerschar, die täglich ihren Weg kreuzte und deren »*drinks*« an Indra, die Hausdame, bezahlt wurden. Aber er kam nicht wieder. Und es kam auch kein Brief. Ihre Mutter hatte sie zu den Toten geworfen. Ihre oftbetonte Mutterliebe konnte also doch nicht allzu tief gewesen sein. Wie heißt es doch in der Bibel? Die Liebe trägt alles, sie glaubt alles, sie hofft alles, sie duldet alles. Was hatte ihrer Mutter Liebe für sie geglaubt, für sie getragen, gehofft und geduldet? Ein bitteres Gefühl erfüllte sie, sie glaubte daran zu ersticken. War sie wirklich dieser Liebe unwürdig geworden? War sie nicht im Gegenteil in ihrer Seele durch diese Leiden und Erfahrungen reifer, tiefer und besser geworden? Lebenstüchtiger, wissender, einsichtsvoller? Nein, sie brauchte vor niemand die Augen niederzuschlagen. Noch nicht, aber nachher in Yokohama, in Number nine, wo sie sich der allgemeinen Ordnung wohl einfügen mußte und jedem Mann gehören, der zufällig ein Auge auf sie würfe? Ihr grauste nun doch. Aber – was bliebe ihr denn hier auf die Dauer anderes übrig? Das nämliche unter einer »Madame«, die sie haßte. Hatte Boris nicht gesagt, daß dort alles ganz anders, schöner, besser sei? Daß sie dort als Japanerin behandelt und gekleidet würde? Dann wollte sie also dort den ganzen europäischen Tiefstand vergessen und sich als Japanerin in einem allgemein geachteten Beruf fühlen. Wenn sie nun doch einmal zum Hetärentum verurteilt war! Wenn keine Hilfe vom Himmel noch von der Erde kam, sie davor zu retten.

Und so vergingen die Tage. Man war schon Ende Februar. Für Indra kam keine Kunde. Aber nun mußte Boris bald zurückkommen. Madame hatte sich ausgerechnet, daß Indra ihr doch mehr einbrächte, wenn sie sie in den großen Liebesdienst einstellte und sich mit einer weniger vorzüglichen Hausdame begnügte. So hatte sie Indra verständigt, daß sie morgen, am sechsundzwanzigsten Februar, eines der Feenkleidchen anziehen und zum Freudendienst hinuntergehen müsse, die strengeren Hausdamenpflichten einer anderen Hilfe überlassend. Ein alter »Dragoner« war dafür schon eingerückt, eine Ausrangierte, wie Madame sagte.

Sie hatte Indra ein kirschfarbenes, tiefdekolletiertes Seidenfähnchen ausgesucht, das ihre herrlichen Formen mehr zeigte als verhüllte. Dann sollte sie ihr lockiges Haar in seiner dunklen Fülle frei fließen lassen, über der Stirn lag ein Similibrillant. Madame selber hatte sie angezogen und frisiert. Nun führte sie sie hinunter, und anfangs erkannte niemand unter der neuen Schönheit, von Madame geschminkt und zurechtgemacht, die keusche »Hausdame«. Da trat plötzlich, wie ein *Deus ex Machina*, Boris in den Empfangssaal, von allen mit Jubel begrüßt. Indra aber wäre ihm in der Freude ihres Herzens fast um den Hals gefallen.

»Wie sehen Sie denn aus,« meinte er stirnrunzelnd, »wie die Leichtsinnigste aller Leichtsinnigen.« Und dann hatte er mit Madame eine heimliche, lange und heftige Unterredung, in der er ihr bedeutete, daß die Polizei ihnen auf der Fährte sei und es absolut nötig sei, so schnell wie möglich, Indras Spur zu verwischen. Zu diesem Zweck müsse er sie morgen früh auf dem P.N.O-(Pieno)-Steamer nach Yokohama bringen, und zwar in ganz dunkler, schlichter Kleidung. Zum Austausch habe er die kleine, reizende Japanerin mitgebracht, von der er früher schon gesprochen. Sie wartete im Vorzimmer und war das allgemeine Entzücken, als er sie hereinbrachte. Fudji (Glycinia) küßte Madame die Hand und sah so reizend in ihrem blauseidenen Kimono aus, daß diese sich mit dem Gedanken vertraut machte, Indra zu verlieren, von deren Zukunft sie sich ja so goldene Berge versprochen hatte. Indra war zumute wie einem zum Tode Verurteilten, dem man im letzten Moment das Begnadigungsurteil gesprochen. Boris führte sie eigenhändig in ihr Zimmer zurück und – nahm sie wieder im Sturm.

Sie war ihm so dankbar, sie wehrte ihm nichts. Es tat ihr auch beinahe wohl, sich an seinem Herzen auszuleben. War er nicht ihr Retter, ihr Beschützer trotz allem? Liebe fühlte sie nicht für ihn, das wußte sie nun, seitdem sie Margots Freund in die Augen gesehen – aber sie war ihm so dankbar, und seine Nähe tat ihr wohl. Und ihre Sinne hatten gedarbt in seiner Abwesenheit. In der Liebesluft ringsum waren sie unendlich ins Kraut geschossen. Er war erstaunt und berauscht, wie köstlich sich ihr Weibtum entfaltet hatte. Und er nahm sie ganz und nahm und gab ihr dunkle Freuden. Trotz allem – Astartens Fittiche rauschten wieder über beiden.

Zweiter Teil

Shiragiku

Am anderen Tag zog Boris mit Indra in die Weite. Der Abschied von der Pension Vais fiel ihr nur allzu leicht. Sie hatte niemals viel übrig gehabt für Ella, Bella und Konsorten. Eine schrecklichere Madame konnte sie in keiner »Pension« von ganz Asien finden. Nur die Trennung von Margot tat ihr weh. Sie war trotz allem ein gutes, kleines Mädchen. War es denn ihre Schuld, diese »Wassersucht« der Sinne, die all ihre anderen guten und großen Gaben überwuchert hatte und sie zu einem blindwütigen Werkzeug der Natur gestempelt, von Kindheit an? Das war eine Mänade von den Corybanten der Antike und an sich doch so gutherzig und arglos. Nur die Natur lehrte sie alle Tricks ihres Geschlechts. Sie brachte das Paar noch an Bord und weinte viele Tränen. Winkte noch zum Abschied mit dem Spitzentaschentüchlein, das hin und her flatterte wie ein weißer Schmetterling. Kaum vier Monate war es her, da hatte Indras Tüchlein geflattert zu einem Lebewohl für die Mutter. Ach, dieser Schmetterling war lang verflogen, übers Meer, in Nacht und Schande, dachte wohl die Mutter in ihrem engen Sinn. Und hatte sie nicht vielleicht dennoch recht? War alles, was sich Indra immer wieder sagte, nur ein Mäntelchen für ihre eigene böse Lust, die schlechten Instinkte, die der mehr wie dreimonatige Aufenthalt bei solcher Pensionsmutter in ihr geweckt? Wie eine offene Wunde trug Indra das Verstummen ihrer Mutter, da sie doch wieder und wieder zu ihr gefleht hatte in ihrer tiefsten Not.

Auf dem Dampfer gab Brostoczicz Indra für seine Frau aus, und sie ruhte allnächtlich an seinem Herzen. Es war ja alles gleich, sagte sie sich, und Boris war besser als ein anderer. Sie fühlte auch, daß ihre Sinne jählings erwacht waren und nach Sättigung schrien.

Und der große Verführer tat sein Werk, er weihte sie ein in den Astartenkult – und sie wurde seine gelehrige Schülerin.

Nun würde sie ein würdiges Mitglied der berühmten *Number nine* werden. Boris war im tiefsten entzückt und erschüttert. Er betrachtete dies Weib als sein Opfer, sein Werk und sein Geschöpf und war schon eifersüchtig im Geist auf seine Nachfolger. Nach vierzehn

Tagen, am Nachmittag, kamen sie nach Yokohama und fuhren gleich, nach *Number nine*. – »Ich werde mir natürlich vorbehalten, dir in den nächsten Tagen noch etwas von der Umgebung zeigen zu dürfen, wie in Singapore,« sagte er.

Indra war dies nur allzu erfreulich. Ach Reisen, Reisen, die Welt sehen, alles lernen, Revelationen in sich fühlen und Emotionen. Was kam dem gleich? Nicht einmal die Freuden des Sinnenkults. Sie nannte jetzt schon ganz unwillkürlich »Freuden«, was ihr anfangs nur Abscheulichkeiten waren. – Als beide vor »*Number nine*« aus ihren Rickshaws stiegen – die Dunkelheit war gerade hereingebrochen – konstatierte Indra eine ziemlich menschenleere Gasse mit niederen Häusern. *Number nine* war wirklich *Number nine* in dieser Straße, ein weitläufiges, nicht sehr hohes Haus, gelb angestrichen – mit vielen Holzgalerien. Es sah ziemlich unscheinbar aus. Sie mußten lange pochen, endlich kam eine dunkelgekleidete, unendlich ehrbar aussehende, junge Japanerin mit dunkler Brille. »Das ist die Hausdame,« flüsterte Boris.

»Das Haus ist nicht vor neun Uhr geöffnet, und jetzt ist es sechs Uhr,« sagte sie. Boris antwortete: »Ich weiß, aber ich bringe die neue ›Shiragiku‹. Das japanische Fräulein musterte Indra erstaunt. »Ist sie nicht allzu groß und imposant für uns? Wie soll sie jemals das Maußspiel lernen?« – »Ist auch nicht nötig, daß jeder jedes kann, es lebe die Individualität.« Das japanische Fräulein lächelte, ein gutes, harmloses Lächeln, das ihr sogleich Indras Herz gewann. »*Come in, please*, bitte, treten Sie ein: Madame, meine Tante, hat mir von der Neuen gesprochen, die erst angelernt und japanisiert werden müsse. Vielleicht sieht sie im Kimono ganz echt aus. Ihre Augen stehen fast japanisch, nur sind sie etwas zu groß. Sie müßte dann vielleicht eine Brille tragen, und wir könnten sie Taubenauge nennen.« – »Alles schon dagewesen,« lächelte Boris, »drüben in Tokio, in Yoshiwara, sitzt schon ein Taubenauge mit großer, schwarzer Brille, laßt ihr nur ihre eigenen Augen, sie sind schön genug!« – Sie waren mittlerweile durch eine große, betäubend nach frischen Blumen duftende Halle, eine breite, mattenbelegte Treppe emporgestiegen. Indra mußte unwillkürlich an die knarrende Hühnerstiege der Madame Vais denken. Eine Galerie lief von hier um das ganze Haus, auf die sich, wie die Zellentüren in einem Kloster, zahlreiche Schiebetüren, sechs auf jeder Seite, also vierundzwanzig im ganzen, öffneten.

»Auf diesen beiden Seiten wohnen die Mädchen,« sagte das ehrbare Fräulein. »Und bei der einen wollen wir die meine Shiragiku einquartieren. Dann wird sie sich am schnellsten zur Japanerin umwandeln.«

Sie öffnete nun ein paar Schiebetüren. In jedem der kleinen, mit gelbem Naturholz vertäfelten Japanerstübchen saßen oder standen zwei Mädchen, plaudernd, lachend sich den Ohr, die breite Rückenschleife, zurechtzupfend, oder in einen anderen Kimono schlüpfend. Andere wieder hockten vor dem Spiegel, puderten und schminkten sich, färbten sich die Augenbrauen und die Nägel, steckten sich Blumen ins Haar, wärmten sich an einem bronzenen Räucherbecken, dem Shibachi, knieten vor ihrem Teeservice.

Es waren reizende Momentbilder, die sich da mit dem Auf- und Zurollen der Schiebetüren vor Indras entzückten Augen zeigten. In manchen Stuben sah sie auch auf einer Estrade, in einer Nische der Holzwand, einzelne große Blütenzweige in Bronzedrachenvasen stehen. – »*That shall be your room*, das ist Ihr Zimmer,« sagte die Brillenmiß zu Indra, die letzte Tür aufschiebend, in der nur ein Mädchen, eine ziemlich Große, Schlanke, vor dem Spiegel stand. »Und wo ist mein Bett?« fragte Indra unwillkürlich. Das Hausfräulein lächelte. Sie deutete aus den mattenbelegten Boden, vor dem am Eingang, wie in allen anderen Stuben, fein ordentlich die Holzpantöffelchen standen. Kein Japaner betritt mit staubigen Schuhen sein Gemach. An der Wand standen zwei winzige »Kopfstützen«, wie es Boris nannte, und lagen ein paar warme Decken. »Man gewöhnt sich an alles,« sagte Fräulein Momidji. (»Das bedeutet Ahorn,« flüsterte Boris.) »Aber es gibt auch Betten im Hause, ich will sie Ihnen zeigen.« Und sie führte die beiden auf die andere Seite der Galerie. »*Here are the guestrooms*,« hier sind die Gastzimmer. Das waren kleine, weiße, viereckige Stuben, strahlend von Reinlichkeit. In der Mitte ein riesengroßes, schneeweiß bezogenes, französisches Bett, mit Bergen von Kissen, mit gestickten Volants und einer monogrammartigen Riesenneun in der Mitte, mit ein Wappen.

Auf der einen Seite ein marmorner Waschtisch mit großen, blanken, wassergefüllten Kannen, mit Eimern und einem Riesenpack frischer Hand- und Frottiertücher. Auf der weißen, glänzend polierten Marmorplatte des Nachttisches aber stand ein riesiger, frisch und üppig blühender Azaleentopf. Die einzige Farbe in der klösterlichen, keuschen Weiße, wie ein großer, bunter Schönheitsfleck! Die zwölf Stuben waren in allem gleich, nur die Farben der Azaleenstöcke waren verschieden. Alles blitzte vor Sauberkeit. »*Number nine* ist weltberühmt,« sagte jetzt Miß Momidji. »Es ist alles klar zum Gefecht,« flüsterte Boris. »Sie müssen noch den *tearoom* und die Bar sehen,« fuhr das bebrillte Fräulein fort, »und den Salon, und unser Prachtstück, die Hall. Sie wird schon beleuchtet sein, jetzt.« – Und sie gingen auf einer schmalen Wendeltreppe hinunter in den Salon, der einem modernen europäischen Hotel Ehre gemacht hätte, mit seinen schönen japanischen Stickereien und Möbeln, und dann, ein behagliches *tearoom* durchkreuzend, durch eine breite Schiebetür in die Hall. Ein Ausruf des Entzückens drang von Indras Lippen. Der ganze Hintergrund und die Treppenrampen waren bestellt mit tausenden blühender Azaleen- und Kamelientöpfe. Dazwischen blühende Orangenbäumchen, weißer Flieder und Tuberosen. Es war wie die *piece de résistance* in einer großen Blumenausstellung. Einfach wundervoll. »*You are in Number nine,*« sagte die Brillenmiß fast ehrfurchtsvoll. »Täglich werden die Blumen, wenn es nötig ist, erneuert. Das ganze Jahr hindurch ist hier eine *flowershow* mit den Blüten der Jahreszeit.«

»Warum tragen Sie eigentlich eine Brille,« fragte Boris, »Ihre Augen sind doch japanisch schmal wie die Sinnenschlitze der Göttin der Wollust in Person.«

»Ich war Lehrerin und bin es für ein paar Stunden am Tage noch, und dann – *it looks so respektable*, es sieht so ehrbar aus. Ich bin es › *Number nine*‹ geradezu schuldig.« Ihre Stimme hatte wieder jenen ehrfurchtsvollen Klang. – »*Now let's take some ›Sake‹ to welcome you,* nun müssen wir noch etwas Sake nehmen, Sie willkommen zu heißen,« sagte sie und wandte sich wieder der Bar zu, dort setzte sie Indra und Boris jedem eine Tasse voll Reisschnaps vor, das Nationalgetränk der Japaner, den »Sake«, im Geschmack wie dünner Marsala! Er schmeckte ganz gut. »Daran und an die japanische Kost wirst du dich schon gewöhnen müssen, Indra.« – »Eigentlich muß er heiß getrunken werden,« sagte das Fräulein, »aber ich habe keine Zeit mehr, ich will nur Shiragiku noch in ihr Zimmer führen, dort soll sie sich nach all den neuen Eindrücken gleich schlafen legen –

und morgen als Japanerin aufwachen. Sie hat solch schönen Namen, Shiragiku bedeutet »weiße Chrysantheme«. – »Weiße Chrysantheme,« wiederholte Indra leise.

Aber Boris sprach: »Morgen und übermorgen möcht' ich ihr noch als Europäerin Yokohama, Kamakura und die ›heilige Insel‹ Enoshima zeigen, wo die Göttin Benten in der Felsenhöhle den Drachen zähmte, indem sie ihn heiratete. Sie begreift dann rascher den japanischen Geist. Und den Fuji muß ich ihr vorstellen, Euern Schutzgeist, den Schneeriesen.« – »Den Fuji-no-yama!« Die Brillenmiß sprach den Namen des japanischen Schönheitsberges fast so ehrfürchtig aus wie »*Number nine*«. – »Wo ist aber eigentlich Madame?« – »Madame wohnt gar nicht hier, sie wohnt in ihrem Haus in Kamakura und kommt nur zweimal wöchentlich herüber, mit mir abzurechnen und nachzusehen, ob ich nichts vernachlässige.« – »So sind Sie eigentlich die Leiterin des Ganzen,« rief Indra. »Haben Sie da nicht allzuviel auf Ihren Schultern? Sie müssen doch auch mit den Fremden abrechnen.« – »Es ist alles nicht so schwer, wie es scheint, und die Mädchen machen mir's leicht, sie sind alle gutwillig und sanft. Und ich spreche vier Sprachen.«

– »Und ich sechs!« rief Indra-Shiragiku.

»Da wird es Ihnen nicht schwer werden, die siebente, japanische, zu lernen. Das ist vorläufig das Wichtigste. Und nun kommen Sie hinauf.«

– »Ich komme also morgen früh neun Uhr, Indra, dich abzuholen.« – »Ich werde fertig sein.« Er sah sie mit einem dunklen Blick an. »Möchtest du hier glücklicher werden,« er küßte ihr die Hand. – »Ich hoffe es,« murmelte sie leise. Dann ging sie mit Momidji (Ahorn) hinauf in Shidouttis, so hieß die Schlanke, Gemach. »Ohajo,« sagte diese, »guten Tag« und streckte ihr die Hand hin. – »Deine Pflicht, Shidoutti, im nächsten Monat ist, Shiragiku möglichst zu ›japanisieren‹. Sprich kein Wort englisch mit ihr. Zwei Tage hat sie noch Urlaub, wird nur bei dir schlafen. Dann aber laß sie auch bei dir essen, lehre sie das Teezeremoniell, das Blumenbinden, die Stirnbeuge, so gut oder so schlecht natürlich, als das in vier Wochen möglich ist.« Sie sprach englisch zu Shidoutti, damit Indra-Shiragiku sie verstehen könne. Alle Mädchen von *Number nine* waren sprachgewandt und verhältnismäßig feingebildet, was Indra später sehr wohltuend empfinden sollte. Jetzt streckte sie sich auf das Polster, Shidoutti zeigte ihr wie und deckte sie zu. Sie schlief bald ein, sie schlief fest bis zum Morgen. Shidoutti machte Tee für beide. Kaum waren sie damit zu Ende, stand Boris schon vor ihnen. Er sah wieder übernächtig aus. »Nun wollen wir deine beiden letzten Freiheitstage gut ausnützen, Indra,« sprach er. Im Haus war noch alles still. Draußen warteten zwei Rickshawmänner. »Heute will ich dir nur Yokohama zeigen, dann speisen wir in einem europäischen Hotel und trinken Tee im Teehaus der hundert Stufen, mit der berühmten Aussicht. Und morgen früh geht's zum Daibouts von Kamakura und nach der ›heiligen Insel‹, von der aus sich, der Fuji so herrlich präsentiert.« – »Du bist gut,« sagte Indra, »du suchst nur immer, mir Freude zu machen.« – »Ich habe viel gutzumachen,« murmelte er.

Und die Schönheiten, die Merkwürdigkeiten von Yokohama nahmen Indras ganzes Sein gefangen. Sie war glücklich in solchen Momenten und dachte unwillkürlich: »Wenn ich nun jetzt noch als dummes Gänschen in Friedenau säße!« Alles interessierte sie, alles. In Honkong und Shanghai, in Nagasaki und in Kobe hatte der Dampfer auf der Herreise schon je einen halben Tag Aufenthalt gehabt, und Boris hatte ihn nach Kräften für sie ausgenutzt, aber es war doch alles nur im Fluge gewesen. Am meisten entzückten sie die Prunusbäume, es war Mitte März, und sie fingen gerade an zu blühen – die Kirschblüte kam ja erst im April. – Wie sie die Blumen liebte, leidenschaftlich! Und *Number nine* schien ihr bei weitem erträglicher durch seine ständige »Flowershow«. Auch daß es hier kühl, fast kalt war, tat ihr wohl, nach der Treibhausluft von Singapore. – Straßen auf, Straßen ab, unermüdlich liefen die Rickshawmänner mit ihren blauen Kitteln und den weißblauen Tüchern, sich den Schweiß zu wischen. Sie waren auch bei »Samurai«, dem großen Antiquar, um Indra einen Begriff zu geben von der Pracht des japanischen Kunstgewerbes. Und in Photographieläden, um ihr viele der japanischen Wunder, zum Beispiel Nikko, wenigstens im Bilde, zu zeigen. Indra staunte immer wieder über Boris' tiefe Bildung, tiefes Verständnis für alle Schönheit der Welt. Wer war er, warum jagte er so rastlos von Ort zu Ort? War er ein Künstler? Ein Lebenskünstler jedenfalls – das wußte sie. Und dann fuhren sie hinaus nach der »Mississippibucht« und machten die Runde auf anderen herrlichen Waldwegen wieder zurück. Endlos streckte sich die Stadt, bergauf, bergab, erst an imposanten Villen in großen Gärten, mit prachtvoll blühenden Kamelienbüschen und Teppichbeeten, vorbei, dann wurden die Häuser immer kleiner und ärmlicher und dann kam Feld, Wiese, Wald, der hundertjährige Kamelienbaum, reizende, idyllische Pensionen mit Terrassengärten. Dann ging's hinunter ans Meer, nach dem kleinen Fischerdörfchen, mit den moosbedeckten Schilfdächern, auf denen überall die Iris schon zu blühen begannen. Das entzückte Indra vor allem, diese blühenden Irisdächer und dahinter: das Meer. Sie hatte Künstleraugen und trank die Weltenschöne mit vollen Zügen. All ihre Leiden, Kümmernisse und Prüfungen hatte sie vergessen. Boris sah mit Entzücken den beglückten Ausdruck ihrer Augen. »Wenigstens eine Entschädigung,« dachte er. Sie fuhren durch herrlichen Wald zurück und geradeaus in das Grandhotel am Pier zum Lunch. »Das ist bald deine letzte europäische Mahlzeit,« sagte er und ließ sich an einem kleinen Fenstertisch mit ihr nieder. Auch dies Mahl genoß Indra. Sie plauderten lange und angeregt von all den japanischen Wundern und kümmerten sich nicht um die Fremden ringsumher. Bis Indra plötzlich aufblickte und den letzten Blick, den fragenden, verwunderten, zweifelnden eines hochgewachsenen, blonden, jungen Mannes auffing. War das nicht Margots Freund? Schon war er verschwunden. Was mußte er von ihr denken? Nur die Wahrheit. Sie war eben nicht mehr »nur Hausdame«. Den ganzen übrigen Tag blieb sie zerstreut. Auch oben vor der Prachtaussicht, beim Teehaus der hundert Stufen, wo die Geishas so lieb zu ihr und Boris waren. Sie stiegen dann bei Sonnenuntergang die hundert Stufen hinab, schlenderten am Strand entlang, nahmen ihr »Supper«, hier hieß es »Dinner«, in einem anderen großen Hotel, in dessen Halle ein ganzer, blühender Prunusbaum stand, und Japanerinnen servierten, was Indra tausendmal hübscher erschien als die befrackten, internationalen Kellner. Boris führte Indra zurück, als *Number nine* schon in vollem Betrieb war, und die »Flowershow«, die Blumenausstellung, im Glanz des elektrischen Lichtes in tausend Farben strahlte. Die Haustür stand weit offen, *Number nine* strahlte die berühmte Nummer grell hinaus im die Nacht, und Scharen von Leuten, Japaner und Fremde, zogen vorüber. Auch die Straße war aus ihrem Dornröschenschlaf erwacht. *Number nine*! Indra durfte stolz sein, solchem berühmten Hause einverleibt zu werden. Das war ein Schritt vorwärts nach der Pension Vais. Shidoutti war nicht in der Kammer, als sie die Schiebetür öffnete. Erst gegen Morgen kam sie herein und bettete das Haupt todmüde auf das harte Kopfpolster.

Pünktlich neun Uhr kam wieder Boris. Da Shidoutti noch schlief, hatte Indra noch keinen Tee genommen, und sie trank ihn mit Boris im europäischen Hotel.

»Das ist nun mein letzter Europatag für lange,« sagte sie sich, »wir wollen ihn ausnützen.« Erst fuhren sie geradewegs zum Daibouts. Unterwegs kamen sie an vielen Hallen vorbei. An der schönsten sagte der Rickshawmann: »*that is the house of the proprieter of Number nine.* Das ist das Haus der Eigentümerin von Nummer neun«. – Der berühmte riesige Bronzebuddha aus dem elften Jahrhundert, Daibouts genannt, steht in einem echt japanischen Park, mit Bächlein, Brücklein, Steinlaternen und Blütenbäumen, auf einem wundervollen Berghintergrund. Er ist so groß, daß man in sein Haupt hinaufsteigen kann, wie in das Haupt der Münchener Bavaria. Hiervon sahen beide jedoch ab. Indra konnte sich nicht satt sehen an dem Ausdruck seligen Friedens in den Zügen des Daibouts. Auch auf seinen Zügen lag ein Lächeln, aber es war nicht geheimnisvoll aufreizend wie das Lächeln der Monna Lisa – es war ein Lächeln völligster Weltentsagung. Indra fiel ein Gedicht ein, das ihr einst tiefen Eindruck gemacht hatte.

Buddha starrt, schwarz und schweigend und groß,

der rinnenden Nacht in den samtenen Schoß.

Dahinter die Abendgluten

am Himmel zitternd verbluten.

So hat er gestarrt vom ersten Tag

in tausende sehnender Herzen Schlag,

so hat er gestarrt und geschwiegen,

wenn zum Himmel die Wünsche stiegen.

Und er starrt noch immer, die Dschungelnacht

wächst höher und höher in grüner Pracht;

und flüsternd die Bäume sich neigen –

sie kennen des Buddha Schweigen.

Sie wissen, nur eines frommt dem Sinn:

nichts träumen, nichts wünschen, am Boden hin

wunschlos und traumlos schwanken,

flüchtig wie Blumenranken.

Einen Tag dem Buddha die Stirn umblühn,

und dann vermodern und dann verglühn.

Nirwana, das große Traumesnichts,

unersättlich verschlingend den Born des Lichts.

Den Urwald durchraunt ein Neigen –

der Buddha lächelt im Schweigen.

»Der Buddha lächelt im Schweigen,« sagte Indra halblaut.

»Ja, er lächelt über die ganze Sansara des Lebens, die doch rings vom Nirwana umschlossen ist,« meinte Boris, »er lächelt über unsere Lust und unsere Not. Ist das Leben schließlich anderes wert, als nur ein Lächeln?«

»Das sagst du,« fragte Indra erstaunt, »du, der Prediger der Sinnenfreuden der Sansara?«

»Das ist nur die andere Seite der Medaille, mein Kind, – weil ich dich liebe, kann ich das ganze verstehen. Ich habe niemals geliebt und gelitten wie um dich.« – Indra schwieg, was sollte sie ihm sagen. Sie starrte nur immer wie verzückt in das Antlitz des Daibouts.

»Wir müssen gehen,« sagte ein Rickshawman; »*if you want to see the temples and get the Enoshima in time* – wenn Sie die Tempel sehen und doch rechtzeitig nach Enoshima kommen wollen.« Und so stiegen sie wieder ein und fuhren nach den Tempeln. Reizend lagen sie, ganz im Grünen, und waren uralt – ein jeder ein Gedicht. Aber sie mußten eilen, um noch rechtzeitig an den Tram für Enoshima zu kommen. Endlich, nach schöner Fahrt am Meeresstrand, waren sie angelangt. Hier staute sich Kopf an Kopf, meist japanisches Landvolk. Erst gingen sie zur geheimnisvollen Grotte der Benten, die den Drachen durch eine Heirat bezähmen konnte. Sie standen lange in den dunklen Grotten mit den geheimnisvollen Altären. Indra war froh, als sie wieder in die Klippen heraustraten und dann über die Riesenbrücke nach der »heiligen Insel« hinüberwanderten. Der Fudji-no-yama lag vor ihnen, hinter dem violettduftigen Frühlingsmeer, in strahlender Pracht, mit dem leuchtenden, ständigen Hermelin, von seinem charakteristisch-stumpfen Kegelhaupt nach allen Seiten herniederstrahlend und schimmernd. Wie schön, wie unergründlich schön war diese Welt! Und in dieser selben Welt gab es Menschen, die ihr Leben lang ihre Sinne kasteiten, die Sinne, die doch nur geschaffen waren, alle Schönheit des Lebens zu genießen. Es schien ihr Wahnsinn. Sie fühlte sich plötzlichglücklich und so dankbar gegen Boris. – Und dann gingen sie an all den bunten Volksschaubuden, den winkligen Dorfgassen, vorbei, vorbei an stillen Japanerhäusern in herrlich blühenden Kameliengärten, und dann stiegen sie empor auf steilen Wegen, im ewigen Schatten des heiligen Hains. – Von Tempel zu Tempel wanderten sie, und von Teehaus zu Teehaus. Fünfmal schon hatten sie den grünhellen »Tsha« getrunken und auf den roten Bettdecken gesessen, nur, um die jeweilige Aussicht besser zu genießen. Aber hier mußten sie länger weilen, es war zu schön. Die Schirmdächer der Pinien und riesige Cryptomerien standen tiefdunkel gegen das zarte Frühlingsviolett des Meeres, aus dem das Wahrzeichen Japans, der heilige Berg »Fudji«, emporstieg wie ein verklärter Geist. – Es war zum Hinknien, zum Weinen schön. Wie glücklich war Indra, daß sie das schauen durfte. War das nicht alle Opfer und Kämpfe wert? Und die ewige Weltenschöne durchflutete sie wie ein Mysterium. Sie kam sich vor wie eine Priesterin dieser Schönheit. Stundenlang saß sie verzückt in Schweigen. – Boris betrachtete sie von Zeit zu Zeit, wie verwundert. Dann stürzte er sich ihr plötzlich zu Füßen und verbarg aufschluchzend seinen Kopf in ihrem Schoß. – »Was hast du?« – »Ich liebe dich und ich habe dein Leben zerstört. Hätt' ich dich früher finden dürfen. Nun ist alles, alles zu spät.« – »Ich ging doch freiwillig zu Madame Vais.« – »Ja, aber ich wußte, was deiner dort wartete und hab' es verschwiegen, denn ich wollte dich besitzen um jeden Preis.« – »Ist das deine ganze Schuld?« fragte Indra leise. Er stöhnte laut, sprang auf und rannte in dem kleinen Teegarten auf und ab. »Komm, du bist aufgeregt,« sagte Indra; »der Abschied liegt dir in den Gliedern. Mir ist fast zumute wie einer Nonne, die ins Kloster muß, ins Kloster zu den heiligen Sünden. Du siehst, ich kann noch scherzen, aber meine Seele ist so erfüllt von der Harmonie und Schönheit dieses Tages, daß sie einen Glanz werfen in meine Seele, von dem ich meine, daß er alles Dunkel der Zukunft überstrahlen müsse. Nun sage mir, wie lange ich in *Number nine* bleiben soll, und wann du mich nach Yoshiwara in Tokio bringst, dem Freudenhaus des Lebens.« – Er sah sie entgeistert an. »Du denkst schon ans Fortgehen?« – »Damit du mir wieder so ewig Schönes zeigen kannst wie heute, du sollst mich von Station zu Station meines Lebens geleiten.«

– »Wie dein böser Geist,« sprach er leise, doch sie hatte es gehört. – »Wie das Schicksal,« sagte sie, »das mich von Entfaltung zu Entfaltung führt. Ich fühle es. Tage wie der heutige, und Lebenserfahrungen, wie ich sie jetzt gemacht, die reifen und entfalten eine Menschenseele früher als die Engen des häuslichen Alltags.« Die Sonne sank jetzt tiefer, und bald war sie verschwunden, und nur der grüne Blitz, mit dem sie sank, und der purpurne Horizont zeugten noch von ihrer einstigen Pracht. Auf der anderen Seite der Wasser stieg der Mond empor, groß, purpurn. »Wie in Tandjong Priok, weißt du noch, Indra, als ich dir die Ylang-Ylang-Blüten übers Haar streute.«

– »Wie lange ist das her!« sagte Indra sinnend. »Aber nun gib mir deine Adresse, damit ich dich rufen kann, wenn ich dich brauche.« – »Ich muß jetzt nach Europa fahren,« sprach Boris ausweichend, »aber übers Jahr komme ich wieder hierher. Und wenn du dann eine echte Japanerin geworben bist in allem, wenn du für Yoshiwara reif bist, dann bring' ich dich nach Tokio. – Nun aber laß uns gehen.« Sie gingen im Mondlicht den Berg hinab, durch das Dorf mit all seinen jetzt geschlossenen Buden, über die Brücke nach dem Tram und erreichten gerade noch den letzten Wagen. Von Kamakura fuhren sie nach Yokohama zurück. Vor der Tür hielt Boris lange Indras Hand. »Der Himmel sei dir gnädig,« sprach er zögernd. – »Du sprichst vom Himmel,« lachte sie. »Sag lieber: Sansara und Nirwana mögen dich segnen.« – »Sansara und Nirwana mögen dich segnen,« sagte er tonlos, und bald war er in der Menge verschwunden.

Und Indra begab sich in Shidouttis Schule. Sie hieß eigentlich Urne (Pflaume), wurde aber seit ihrer Kindheit, nach ihrer Puppe, Shidoutti genannt.

Nach einem Monat wußte Indra ein paar japanische Brocken, konnte Tee machen und kredenzen, mit der Stirn zum Gruß den Boden berühren, und ward mit ihrer japanischen Frisur und den ein klein wenig japanisch stehenden, allerdings großen Augen, denen die schräg geführten Augenbrauen nachhelfen mußten, in einem hellgrünen, reich mit goldenen Drachen bestickten Kimono und orangefarbenen breiten Obi, die Miß Momidji ihr gestiftet, eine frappierend schöne, sehr auffallende Japanerin, wirklich eine »weiße Chrysantheme«. Heut' sollte sie zum erstenmal hinunter in den Salon kommen und ihr Glück versuchen.

Sie saß neben Shidoutti im Liegestuhl und rauchte eine Zigarette. Neben ihr stand das bronzene Kohlenbecken, das Shibachi. Wenngleich es schon April war und die Kirschblüte in vollem Flor, abends wurde es noch immer empfindlich kalt. – Ein Herr kam herein, groß, schlank, blond. Indra erkannte ihn auf den ersten Blick; er trat vor und machte eine Verbeugung vor ihr. Indra ward dunkelrot. »Is not your name Shiragiku?« fragte er. »Ich sah unten in der Hall Ihre Photographie und möchte Sie näher kennen lernen.« – »Und warum gerade mich?« fragte Indra. – »You remind me of a girl, I am fond of, and I think of her, when I look at you. Sie erinnern mich an ein Mädchen, das ich liebe, und ich gedenke ihrer, wenn ich Sie anblicke.« – »That is not very flattering for me, – wenig schmeichelhaft für mich,« sagte Shiragiku. Er sah sie nur immer an. »Könnten wir nicht in Ihr Zimmer gehen, ›weiße Chrysantheme?‹« – »In mein Zimmer?« dachte Indra bitter. Shidoutti machte ihr ein Zeichen, mit ihm hinauszugehen. Sie erhob sich langsam, wie zögernd, wie im Traum. Wohin ging sie mit ihm, den sie liebte, vom ersten Blick, wohin ging sie – zu ihrer Hochzeitsnacht? Und dann wollte sie sterben. Sie ging ihm langsam voraus, langsam, Stufe für Stufe, die mattenbelegte Treppe hinauf, in eins der hellerleuchteten Zimmer, mit dem großen Blumentopf auf dem Nachttisch. Heute war's ein blühendes Kirschenbäumchen. Er sah sie nur immer an. »Du bist schön, Shiragiku, und dein Name paßt für dich; aber die andere ist noch schöner als du. Ich will in deinen Armen die andere lieben.« Und er legte ihr die Hände auf die Schultern und sah ihr in die Augen. – »Die andere ist ich,« sagte Shiragiku langsam. Und sie las in den Tiefen seiner Augen alle zukünftigen Entzückungen ihrer eigenen Seele. – »Kann man durch die Sinne die Seele finden?« fragte sie. Er horchte hoch auf. – *»I want your soul,* – ich will Ihre Seele,« sagte sie. Da stürzte er sich über sie und küßte sie, daß ihr die Sinne schwanden. *»I want your soul,«* sagte sie immer wieder. – *»Do you not feel it,«* antwortete er, *»here it is here.«* (»Fühlst du sie nicht, hier ist sie, hier.«) Und er preßte sie ans Herz. – »Ich hab' dich geliebt vom ersten Moment,« sprach Indra. – »Bist du's denn wirklich? Du bist doch Shiragiku.« – »Ich bin Indra, die vor Madame Vais' Anforderungen in das Kleid der Shiragiku geflohen ist.« – »Ich will dich herausziehen aus dem Pfuhl, komm mit mir, du bist entsühnt durch unsere Liebe.« Doch sie schüttelte den Kopf. »Wenn du mich nicht liebst als Shiragiku, mit all meinen Sünden, gegenwärtigen und zukünftigen, so ist es für mich nicht die rechte Liebe, und du kannst mich nicht erlösen.« – Er meinte: »Du bist wie eine Heilige im Kot.« – »Wenn ich eine Heilige bin, so ist es kein Kot, so sind es die Rosen des Lebens, die mich umblühen. Schon Buddha nannte uns ›Lotosblumen im Schlamm‹. Wenn du das einsehen wirst, dann wirst du mich nicht ›erlösen‹ wollen, sondern dann wirst du dein Leben mit mir leben wollen. Bis dahin bleibe ich Shiragiku.« – »Morgen fährt mein Schiff nach England zurück, ich kann erst übers Jahr wiederkommen.« – »So muß ich solange Shiragiku bleiben,« sprach sie leise. – Darauf er: »Du, die ich gesucht mein Leben lang, und die ich gefühlt vom ersten Blick, komm mit mir, du sollst mein Weib sein, ich will dich hüten und hegen wie das Kleinod meines Lebens.« – Indra antwortete: »Geliebter, ich bin durch mein Leben, meine Erfahrungen über die Ehe hinausgewachsen. Wenn deine Liebe nicht größer und freier ist, wenn sie noch der Ehesessel bedarf, um Treue zu halten, dann ist es nicht die rechte Liebe, und du mußt ihr entsagen. Meines Geliebten muß ich sicher sein können, ohne alle Fessel, weil er seiner eigensten Natur nach gar nichts anderes kann, als mich lieben bis zum Tode.« – »Wenn ich nun aber übers Jahr zu deinem Standpunkt bekehrt bin und dich noch ebenso liebe wie jetzt, Shiragiku-Indra, und komme hierher und ich finde dich nicht mehr, was dann?« – »Dann mußt du mich suchen, ich bleibe deiner Seele treu, auch wenn mein Körper anderen Göttern dienen muß. Du mußt mich suchen, bis du wirklich zu mir gefunden hast. Wenn du mich aber nicht findest, dann warst du niemals meiner Seele wert.« Sie sah wie verzückt aus in diesem Augenblick, und er küßte sie, wie er niemals vorher ein Weib geküßt hatte. Und die Natur, die große Meisterin, die zwei vollkommene, zusammengehörende Seelen in zwei vollkommenen Körpern geschaffen, die ließ diese Seelen in diesen Körpern in nie vorhergefühlten Mysterien des Entzückens sich vermählen. Als der Morgen graute, lagen sie noch eng umschlungen. »Ich muß nun gehen,« sagte Shiragiku, »übers Jahr sehen wir uns wieder.« Sie löste sich von ihm und verschwand. – »Bleib hier!« rief er und streckte die Arme nach ihr. – Shiragiku aber schlich hinüber in ihre und Shidouttis Kammer und bettete ihr glückliches Haupt auf das harte japanische Kopfpolster.

Abend für Abend ging Shiragiku nach dem Salon. Die »weiße Chrysantheme« erregte Entzückungen, aber sie war wie eine schöne Leiche, sie selber blieb ungerührt, ihre asbestene Seele blieb unbefleckt vom Kot, der sich zu ihr heranwälzte, an ihren Marmorgliedern emporspritzte. Sie dachte an Guy, den Seefahrer, und ob er sich zu ihrer Lebensauffassung durchringen würde. Und sie blieb glücklich und strahlend im Erinnern an die Hochzeitsnacht ihrer Seelen. So vergingen Monate; der heiße japanische Sommer kam und der leuchtend japanische Herbst mit seiner rotgelben Ahorn- und Chrysanthemenpracht. Sie merkte sie nur an der Veränderung in der Flowershow im Treppenhaus und auf den Marmornachttischchen. Wie viele Männer sie besessen, sie wußte es nicht, es berührte sie nicht, ihr Körper war tot, seit Guy gegangen; Boris hätte ihn vielleicht wieder zum Bewußtsein gebracht, aber auch er war fern. Er schrieb niemals ein Wort von all seinen rätselhaften »Transaktionen«, von denen er ihr am ersten Tage ihrer Bekanntschaft – und dann niemals wieder, – erzählt. – Shiragiku, die weiße Chrysantheme, plauderte schon ganz nett japanisch, ihr großes Sprachtalent kam ihr auch hierbei zu Hilfe. Sie hatte eine herzliche Freundschaft zu Shidoutti und Miß Momidji gefaßt. Und auch die anderen Mädchen waren gutherzig und ohne Intrigen. Sie hatten alle eine kindliche Freude an Shiragikus Fortschritten im Japanertum. Miß Momidji brachte ihr viel englische und französische Bücher über Japan und begann sie in japanischer Schrift und japanischem Druck zu unterrichten. Mit den ihr angeborenen starken Lehrtalenten brachte sie ihre begabte Schülerin bald vorwärts. Shiragiku hatte ihr früheres Leben begraben. Nur die Erinnerung an die Mutter, an die sie in ihrer großen Not sich hilfeflehend umsonst gewandt hatte, brannte wie eine offene Wunde in ihrer Brust. Die würde die Zeit *nie* heilen.

An Boris dachte sie selten oder nie. Er würde schon wieder vor ihr stehen eines Tages wie der dunkle Wanderer, wenn das Schicksal ihr wieder eine neue Lebensphase vorbereitet hatte. Mit Guy aber lebte sie täglich. Er schrieb oft, aber sie antwortete nie, was sie ihm vorausgesagt; ohne ihr Zutun mußte er sich zu ihrer Lebensauffassung bekehren, wenn anders sie Wert haben sollte. Lebenswert und Lebensdauer. – Eines Abends, im Januar, es lag ausnahmsweise Schnee auf allen Höhen und auf den Gassen von Yokohama, und der Fudji war bis zum Fuß in seinen Hermelinwintermantel gehüllt, stand Boris plötzlich vor ihr. Er erkannte sie kaum. »*I am Shiragiku!*« rief sie lachend. – »So schön, so schön,« murmelte er und sah sie verzehrend an. Er sah sehr elend aus und um Jahre gealtert. »Wie von Erynnien verfolgt,« dachte Indra. Es kam gerade ein »Kunde« für sie, und sie ging gleichgültigen Schrittes mit ihm hinaus. – »Das hast du aus ihr gemacht!« schrie es in Boris. »Ihre Seele wird man einst von dir fordern.« Ach, er wußte ja nicht, daß ihre Seele, unberührt von allem Schmutz, in goldener Wolke wandelte, von der Liebe geküßt. – Er sah nur die äußere Shiragiku, die gewandte Shiragiku von *Number nine*. Nach einiger Zeit kam sie wieder, blaß, wohlgepflegt, ohne jede Spur von Aufregung, die echte »weiße Chrysantheme«. – »Und nun erzähle mir, Boris.« – »Ich will dich nach Tokio bringen, nach Yoshiwara, Indra.« – »Shiragiku,« verbesserte sie lächelnd. – »Du bist reif dafür.« Er verschwieg ihr, daß sein böses Gewissen ihm zuflüsterte, sein trübes Geheimnis sei auch in *Number nine* noch gefährdet. Ganz sicher vor Entdeckung sei es erst in Yoshiwara.

»Yoshiwara,« sagte sie sinnend, »das Freudenhaus des Lebens. – Wie schwer hält es doch uns Menschen, sich zu dieser Ansicht vom »Freudenhaus« durchzuringen.

Von Kindheit an predigt man uns, die Welt sei nur ein Jammertal, und wir seien einzig dazu da, unser Fleisch und all seine bösen

Lüste zu kreuzigen. Die nur solange ›böse Lüste‹ sind, als sie nicht staatlich konzessioniert sind.« – »Ich sehe, du bist eine gelehrige Schülerin,« sagte er matt.« – »Bist du krank, Boris?« fragte sie erstaunt. –

»Nein, aber die Sehnsucht nach dir verzehrt mich und die Reue, daß ich es zuließ, daß du in die Pension Vais gekommen, die Reue, daß ich dich nicht, dich allen Versuchungen entreißend, zu meiner Frau gemacht.« – »Meinst du, ich wäre da tugendreiner geblieben?« fragte sie spöttisch. »Boris, Boris, ich kenne dich nicht wieder, du verleugnest all deine Theorien. Du vergißt, daß ich schon lange, der Pension Vais entwachsen, in *Number nine* die Kulturen von Orient und Okzident zu vermählen suche. Bin ich denn schon reif für das große Freudenhaus in Yoshiwara?« – »Ich weiß nicht, ich weiß nur, daß ich Angst um dich habe, und ich habe schon mit Madame gesprochen, morgen können wir gehen.« – »Wenn ich will,« entgegnete Indra. Sie dachte an Guy, der übers Jahr sie hier suchen wollte. Aber, wenn er sie wirklich liebte, war ihm dann die kleine Prüfung nicht heilsam, würde er sie nicht leicht finden in dem großen Freudenhaus von Yoshiwara? Vielleicht käme er da gerade zur Kirschblüte, in der schönsten Zeit des Jahres. – »Ich gehe mit dir,« sagte sie dann, »aber du mußt mir einen Urlaub auswirken und vorher mit mir nach Nikko fahren.«

Und am anderen Tage hieß es wieder Abschied nehmen. Auch Shidoutti und Momidji weinten. »*Sajanara,*« riefen sie, »auf Wiedersehen«, und ließen ihre Tüchlein an der Bahn flattern – sie waren nur von Seidenpapier, nach japanischer Sitte. Die Japaner sind nicht so schmutzig wie die Europäer, wie sie gern zu sagen pflegen. Die offene Wunde in Shiragiku begann zu schmerzen. Wo hatte sie doch auch so ein weißes Tüchlein flattern und von Nacht und Dunkel und Tod verschlingen sehen wie einen weißen Schmetterling?

Diesmal aber blieb sie in der japanischen Tracht. Sie zog nur einen dunklen, dickwattierten, rotgefütterten Kimono über ihren leichtseidenen, reich gestickten, den sie sich, wie einst Margot, von den Prozenten der *Number nine* angeschafft hatte. Und Boris fuhr nun mit einer Frau, die aussah wie eine königlich auftretende Geisha, hinauf nach Nikko. Es war noch kalt oben, und es lag dichter Schnee, die wunderbaren, schwarz und goldenen und rotlackierten

Tempel leuchteten nur um so farbiger aus dem Dunkelgrün der Cryptomerien. Wieder fühlte sie sich glücklich und im innersten Leben wachsend, als sie nun endlich an all diesen Orten wandelte, die ihre Seele so heiß ersehnt hatte. Sie sah die alten Tempeltänze von einer einstigen Geisha tanzen, in weiß und roter, altjapanischer, schleppender Tracht aus dem elften Jahrhundert. Sie hörte die alte, traditionelle Musik wie Klänge aus einer anderen Welt. Sie stieg empor im Cryptomerienhain, zum Grabmal des Shogun, und sie entzückte sich über die Katze und den Affen des Jingoro. Was sie aber am meisten interessierte, das war die Schatzkammer im »Hondo«, im Heiligsten, für deren Besuch die frommen Tempelhüter von Globetrottern so fabelhafte Eintrittspreise nahmen. Natürlich erwarteten sie von einem Herrn, der mit einer eingeborenen Geisha reiste, nur freiwillige Gaben.

Indra strahlte, als sie in all diesen Schäden schwelgte, sie konnte sich kaum davon trennen. Als aber am Abend Boris nach dem Dinner in ihrem Zimmer sich ihr nähern wollte, versagte sie sich ihm. »Wozu, Lieber, ich könnte nichts mehr empfinden, und dafür bist du mir zu gut.« – Allem Bitten und Flehen gegenüber blieb sie unerbittlich.

Brostoczicz fühlte, dies Weib, das er so freventlich und grausam aus der ihm vorgeschriebenen Bahn geschleudert und in so dunkle, pfadlose Labyrinthe des Lebens gestürzt, das hatte auch im Dunkeln seinen Weg gefunden und war über ihn hinausgewachsen. Sie fuhren bei der Abreise mit der Rickshaw bis Imachi, um die berühmte Cryptomerienallee zu genießen, der ja kein Winter etwas anhaben kann. Freilich blies der Wind eisig. Boris schlug vor, bis man Tokio gesehen, noch mit ihm ins Hotel zu kommen, ehe sie ihr Freudenkloster bezöge. Indra war damit einverstanden. Und nun wählte er das Hotel Tokio auf dem Monogama, mit der männlichen und der weiblichen Steintreppe, die hinaufführten, und mit der wunderbaren Fernsicht auf Stadt und Fudji. Doch der Fudji-noyama lag verschleiert, die Stadt im Nebel, und all die Bäume, unter deren Blütenschnee Tempel und Teehäuser im Frühling fast begraben sind, starrten nackt und kahl in die grauen Lüfte. Eine unendliche Traurigkeit überfiel Boris. Was hatte er im Leben erreicht mit all seinen Kniffen und Schurkenstreichen? Die einzige Frauenseele, der einzige Frauenkörper, um die er sich wahrhaft bemüht, waren ihm entglitten. So fest glaubte er sie in Händen zu halten! Wie Schemen waren sie ihm entglitten, Körper und Seele. Und nur die eine furchtbare Wahrheit blieb – er hatte sie aus ihrer Bahn geschleudert, mit verbrecherischer Hand, zu welchem Ende? Noch niemals vorher hatte Brostoczicz Gewissensbisse gefühlt, wie viele arglose Opfer auch der seit Jahren vergebens von der Polizei gesuchte, verbrecherische Mädchenhändler zusammen mit seiner Mätresse, Madame Toussaint, schon eingefangen. Hier fühlte er sich zum erstenmal besiegt und zum vollen Bewußtsein seiner Schlechtigkeit gebracht. Es schien ihm, als ob die Sonne niemals mehr über ihm leuchten würde, als ob er für Zeit und Ewigkeit verloren wäre. Indra vermißte in ihm den brillanten, geistvollen Causeur von einst, wenn auch der tadellose Weltmann niemals etwas zu wünschen übrig ließ. Sie schob es auf das dunkle, unfreundliche Winterwetter. Und sie sehnte sich nach Sonne, Frühling, Kirschblüten. Warum hatte sie Boris' Drängen nachgegeben, jetzt schon mit ihm nach Tokio zu kommen? Es hatte jedenfalls besser in seine Reisepläne gepaßt. Warum hatte sie ihn nicht doch bestimmt, bis zum Frühling zu warten, wie es anfangs vereinbart war? Und wenn nun Guy sie nicht fand? Er hatte schon so lange nicht geschrieben, sie kannte seine jetzige Adresse gar nicht. Eine furchtbare Angst schnürte ihr plötzlich die Seele zusammen. Wenn ihm etwas zugestoßen wäre? Auch ihr erschien diese Reise nicht so leuchtend wie die Tage in Yokohama. Dennoch zeigte ihr Brostoczicz alles und jedes. Den von ihrem Hotel so nahe gelegenen Shibapark, in dem die wunderbaren Shogungrabmäler sie an die herrlichen Kunstwerke droben in Nikko erinnerten. Und die Gräber der siebenundvierzig Roni. Und die noch bei weitem schöneren und überhaupt stimmungsvollsten Tokugawagräber im Uennopark, überall mit dem Tokugawawappen. Dort in ihren geschützten geschützten Gärten blühten schon die mannshohen, weißen Kamelienbüsche, ein herrlicher Anblick. Und der Asakusatempel und das Museum! Indra hatte bald alles gesehen, bis auf ihre künftige Heimat, das Yoshiwaraviertel. Aber sie hatte manches darüber gelesen, und Boris hatte ihr viel davon erzählt. Die von Yoshiwara hatten einen ganzen großen Stadtteil für sich, einen Tempel, einen Park für ihre Spaziergänge, ein Krankenhaus und endlose Straßen, ein wahres Labyrinth von bei Tage ziemlich nüchtern aussehenden kleinen Häusern, in denen allen unten ganz gleich der große »Showroom«, die Frauenausstellung, allabendlich von acht bis zwölf oder ein Uhr stattfindet. Bei Tage ist's wie lauter leere Bühnen. Indra dachte sich nicht viel bei diesem öffentlichen Markt, wenn sie's aber dachte, schien es ihr abscheulich. Aber sie hatte nicht mit dem Geist des Ostens gerechnet, der aus diesem ganzen abscheulichen Fleischmarkt, wie er es in Europa unweigerlich geworden wäre, ein liebenswürdiges, behagliches Meeting, gewissermaßen einen riesengroßen *rout* der ganzen Bevölkerung gestaltete, in dem die Gitterstäbe keinen Käfig, sondern nur einen Schutz für zarte Frauen bedeuteten.

Eines Abends, den letzten Abend vor ihrem Eintritt, führte Brostoczicz Indra als Zuschauerin an Yoshiwara vorüber, und da ward es ihr zum ersten Male völlig bewußt, wie riesengroß der Unterschied der Lebensauffassung von Orient und Okzident ist. Was sie immer gehört und gedacht, und was ihr Boris immerzu gepredigt, hier sah sie es in die Tat umgesetzt. Die bevorzugte und geachtete, gewissermaßen beneidete Stellung der Courtisanen im Osten. Sie sah sie allseitig und zwar von Männern *und* Frauen so umschwärmt, wie man etwa in Europa berühmte Schauspielerinnen umschwärmt. Sie gaben ja auch allabendlich ein fürstliches Schauspiel, das Schauspiel der Lebensschönheit. Einen höheren Triumph haben Kunst, Frauenschönheit und Kunstgewerbe wohl niemals gefeiert wie in den allnächtlichen *routs* von Yoshiwara, dem »Freudenhaus«. – »Jede kleinste Stadt von Japan besitzt ein solches Yoshiwara,« erzählte Boris, »ein Freudenviertel, ein Schönheitsviertel, nach dem am Abend die ganze Bevölkerung hinauszieht (ausgenommen Studenten und Gymnasiasten, die das nur an einem großen Fest, im November, tun dürfen). Alt und jung, groß und klein zieht hinaus, einfach um diese Frauen, diese Liebesgöttinnen zu begrüßen, ihnen die Hand zu schütteln, mit ihnen zu plaudern. Es treten hierbei gar keine lüsternen Gedanken an sie heran, es sind geachtete, gefeierte, schöne, junge Frau aus der Gesellschaft, die man begrüßt, denen man durch ein Gitter (in Europa wär's ein Gitter wie für wilde Tiere) die Hände schüttelt, mit ihnen eine Zigarette austauscht. – Indra sah es mit freudigem Staunen. Das war wirklich noch besser als in *Number nine*, dem doch noch etwas, wenn auch unmerklich, von okzidentalem Odium anhaftete. Hier in Yoshiwara war es ein geachteter und beliebter Beruf wie jeder andere, – die allermeisten der Mädchen waren von ihren Eltern aus Geldnot (und fast gar nicht aus eigenem Sinnendrang) dahin gebracht, die für jedes Mädchen etwa zwei- bis fünfhundert Yen erhielten, und die Mädchen selber waren verpflichtet, diese Summe abzuarbeiten. Nach dieser Zeit konnten sie gehen, kehrten aber oft noch mit einer hübschen Aussteuer, die sie sich ehrlich verdient und erworben hatten, in ihre Heimat zurück und machten dort oft gute Partien. Die Männer rissen sich sogar manchmal um sie, die aus Leben und Liebe doch ganz anderes zu machen wußten, als die dummen, zu Hause gebliebenen Landgänschen.

In den ganz feinen Häusern hingen auch Preislisten und Photographien der Mädchen mit ihren *noms de guerre* in Schaukästen wie in *Number nine.* – Indra konnte sich nicht satt sehen an allem. Straßen auf, Straßen ab, ein Bild immer schöner als das andere. Ein wundervoller, reichgeschnitzter und echt vergoldeter Hintergrund wie in den chinesischen Kaufläden. – Rosengewinde, auf denen Pfauen und Kraniche, Reiher und Störche saßen. Und vor diesem wundervollen, leuchtend altgoldenen Hintergrund (Indra dachte unwillkürlich an die weißgoldenen, blechartigen Schauerrahmen im Salon der Madame Vais) saßen und hockten auf leuchtend rotem Teppich in jedem Hause etwa fünfzehn bis zwanzig Frauen in altjapanischer Tracht. Neben sich die bronzenen und messingnen Shibachi, die Räucherkohlenbecken, vor ihnen stand das Teegeschirr und lagen Purpurkissen. Das künstlerischste vom ganzen aber war, daß in jedem Haus die Mädchen die gleiche Tracht trugen. – »Das ist hier dein Haus,« flüsterte Boris und zeigte auf eine der reichsten und kostbarsten Ausstellungen. »Das wird dir stehen, Indra.« Die Mädchen hinter diesem vergitterten Raum trugen alle blaßblaue, schleppende Kimonos mit gestickten Silberdrachen und orangerote Obis. Das hochgesteckte Haar ganz bespickt mit silbernen und goldenen Pfeilen. Ein paar Mädchen streckten jetzt freundlich Indra die Hand entgegen. »*Ohajo*, guten Tag, wie geht's.« Es machte Indra Freude, daß sie das verstand. Sie wurde nun nach ihrem Namen gefragt, und als sie sagte »Shiragiku«, drehten sich alle nach rückwärts. Dort hingen die Photographien in einem Rahmen. Sie konnte sie nicht erkennen. Indra ging mit Brostoczicz weiter. Sie konnte sich nicht satt sehen an dieser Pracht, sie berauschte sich förmlich an aller Schönheit. Über dem Eingangstor zur Freudenstadt stand eine weibliche Statue, die eine Laterne hielt. – »Wie eine Madonna,«

dachte Indra. In vielen Straßen standen Kirschbäume, kahl und dürr natürlich jetzt im Winter. Wie berauschend schön aber mußte das zur Kirschblüte sein. Viele Stunden wanderten sie so zu Fuß dicht an den Gittern, ihre Rickshaws fuhren leer nebenher. Indra beobachtete, daß selbst die Touristen, von dem allgemeinen Achtungstaumel angesteckt, ehrfurchtsvoller mit den Mädchen scherzten, auch die höheren Töchter, unter den Augen der Eltern, und alte Jungfern deutscher, englischer und französischer Provenienz mit diesen »Künstlerinnen« *shakehands* machten.

Und anderen Tags brachte Brostoczicz Shiragiku in ihr »Haus«. Da sah sie obenan bei den Photographien die ihre – Shiragiku (genannt tausendjähriger Lenz) sechzig Yen. »Das habe ich durchgesetzt,« flüsterte Boris, »so verbrauchst du dich nicht vor der Zeit und stehst gesellschaftlich höher.« Da spielte diesmal ein Lächeln um Indras Lippen, auch wie das Lächeln der Monna Lisa.

Dann wurden sie zum Manager geführt. Das war ein klug aussehender Japaner von etwa vierzig Jahren. – »*You are Shiragiku*,« sagte er, »*well, your fotos don't lie and you merit your price*. Ihre Photographien lügen nicht, und Sie sind Ihres Preises wert.« Dann führte er sie in ein Einzelgemach mit Matten, Decken und Kopfpolster, sogar ein buntseidener, dick wattierter »Futon«, ein Unterbrett, war diesmal dabei. Auch wieder die obligate, kostbare Bronzedrachenvase. »*For the flowers of the season*« (»für die Blumen der Jahreszeit«). Dann ließ er sie allein. Ihr Koffer war schon angekommen – aber sie würde nur die Kimonos des Hauses tragen können, blaßblaue, mit silbernen Drachen und orangeroten Obis. Eine Japanerin kam, sie zu frisieren, die Haartracht von Yoshiwara war viel ausgiebiger, kühner und höher als die von *Number nine*. Doch mit Indra-Shiragikus üppigem Haar gelang sie aufs beste. Mit zehn oder zwölf schimmernden Pfeilen ward sie dann geschmückt. Es war die alte Hoffrisur aus dem zwölften Jahrhundert, wie Indra sie im Museum an den Wachsfiguren gesehen. Sie stand ihr ausgezeichnet. Sie streckte sich zum Ruhen und hatte schon so viel gelernt von japanischen Sitten, daß sie den Kopf auf das Kopfpolster legte, ohne die Frisur zu ruinieren.

Acht Tage und länger mußte bei manchen Frauen solche japanische Kunstfrisur aushalten, und die Hauptsache war, wenn sie schliefen, mußte sie in Ordnung sein. Auch zum Schlafen schmückt und schminkt sich jede Japanerin, die ja selten einen Schlafraum für sich allein besitzt und immer die Pflicht hat, »schön« zu sein. Dann kam ein Boy mit vielen Lackbrettchen und stellte alles, mit dem heißen Sake, auf den Fußboden vor sie hin. In *Number nine* hatten sich die Mädchen selbst kochen müssen. Hier brachte man ihnen das fertige Dinner – sie war wirklich in aufsteigender Linie. Den rohen, geschabten Fisch, der wie Kaviar schmeckte, ließ sie sich munden, und all die vielen anderen japanischen Leckerbissen. Und die starke Bouillon und die Eier. Sie konnte auch schon mit den Stäbchen umgehen und brauchte sie ziemlich geschickt.

Nachdem sie gegessen, Sake und Tee getrunken und eine Weile geruht hatte, kam ein Mädchen und brachte ihr die »Uniform« des Hauses. Der blaßblaue Drachenkimono stand ihr großartig, er kam ihr aber etwas reicher gestickt vor als die der übrigen. Sie fing an, zu begreifen, daß sie zur Showgirl des Hauses herangezüchtet werden sollte. Sie ließ es sich gerne gefallen. Alles das verdankte sie ja Boris' Fürsorge.

»Do you want to see the guestrooms?«

»Wollen Sie die Gastzimmer sehen?« fragte jetzt eine Neueintretende. Sie nickte – mußte sie doch das Feld ihrer künftigen Tätigkeit inspizieren. Alles sauber und nett, aber weit japanischer als in *Number nine*, und keine Blumentöpfe der Saison auf den Nachttischen mit Marmorplatten. Nun – »sechzig Yen«, da würde sie nicht mehr als ein bis zweimal pro Nacht zu arbeiten brauchen. Wie ein Gefühl des Behagens überkam es sie, da konnte sie hier in Ruhe auf Guys Kommen warten.

Wenn er aber nicht kam? Die offene Wunde in ihrer Seele schmerzte stärker – dann war sie wieder ganz allein, dann hatte sie niemand als Boris, Boris, den rätselhaften. Es war Nacht geworden, man brachte eine Lampe und Tee. Sie machte sich nun fertig, mit Schminken und Pudern, kunstvoll, wie sie's von Shidoutti gelernt. Nach einer Weile ging sie hinunter. Es saßen schon ein paar Mädchen im Käfig, wie sie es für sich nannte. Bei ihrem Eintritt standen sie aber alle auf und reichten ihr auf englische Art die Hand, gaben ihr Feuer zur Zigarette und waren in jeder Weise um sie bemüht. Sie hockte sich japanisch am Boden nieder und ward bald der stolze

Mittelpunkt einer entzückenden Gruppe. Draußen begann jetzt das Publikum zu defilieren und über ihre Schönheit sich zu unterhalten. Gar viele ausgestreckte Hände mußte sie ergreifen und schütteln.

Da sah sie Brostoczicz' gramverzerrtes Antlitz an das Gitter gepreßt. »Das habe ich aus dir gemacht,« flüsterte er. »*Never mind,*« sprach sie heiter und winkte ihm tröstend zu. Der Manager trat jetzt in den »Käfig« wie ein Tierbändiger unter seine Bestien. Er schlug Feuerstein und Zunder über Indras Haupt, ein Feuerregen sprühte über sie hin. Dann schlug er auch Feuer über alle anderen Mädchen, aber die Funken kamen weit spärlicher geflogen. »Je mehr Funken, je mehr Gold und Liebe,« sagte eine der Courtisanen. Boris hörte es und stöhnte. – »Die moderne Danaë.« – »Aber Boris, ich erkenne dich nicht wieder,« sagte Indra und trat ans Gitter. – »Willst du mir nicht wenigstens Lebewohl sagen?« – »Wann sehe ich dich wieder? Wohin führst du mich von hier?« – »Ich werde dich niemals mehr sehen, ich werde dich niemals mehr führen – ich gehe den Weg, von dem es keine Rückkehr gibt.« – Ehrlich erschrocken sah sie ihm ins Gesicht. »Soll ich auch noch den letzten Freund verlieren?« Er griff nach ihrer Hand, küßte sie heiß und inbrünstig und verschwand im Dunkel. – –

Und wieder gingen die Tage ihren Gang, ein jeder mehr dem Frühling entgegen. Shiragiku galt als eine der Schönsten in Yoshiwara. Eine der Eigenartigsten war sie jedenfalls, und manch reicher Globetrotter gönnte sich sechzig Yen für eine Liebesnacht mit der schönen Japanerin, der »weißen Chrysantheme«, genannt »tausendjähriger Lenz«, deren Glieder wie Marmor waren, die so wenig sprach und so rätselhaft lächelte.

Und dann kam der Lenz, erst mit seinen schimmernden Prunusblüten. In allen japanischen Häusern standen weißrosa Blütenzweige. Auch in Shiragikus Kammer, sie sah sie oft mit verzehrenden Augen an. »Nun muß er bald kommen und mich aus dem Freudenhaus von Yoshiwara zum Freudenfest des Lebens holen.« – Dann blühten die Kirschbäume in der Allee von Mukojima und in den Gassen von Yoshiwara, und im Kaiserpalast feierte man das Sakurafest. Aber in Yoshiwara wehte der Blütenschnee durch die Gitter herein in die goldenen Frauenkäfige und umspülte wie Wellenschaum die Füße der Courtisanen. Fremde Kriegsschiffe liefen täglich in den Hafen, aber von Guy, kam keine Kunde. Täglich wurde Indra sehnsüchtiger und – hoffnungsloser. Aber der Manager war stolz auf sie, sie war der Erfolg der Saison. Man pflegte in den anderen Häusern schon zu sagen: »So schön wie Shiragiku.« Und die Frau, die so gelobt worden war, wußte sich nicht zu lassen vor Stolz.

Der Blütenschnee war längst verweht, und die Tage wurden länger und heißer. Rosen, Jasmin und Oleander blühten in betäubend duftender Pracht. – Shiragikus Drachenvase war gefüllt mit weißem Oleander. Sie selber aber wurde täglich müder. Sie mußte immer an Tennysons Gedicht denken.

> She only said, my life is dreary,
>
> he will not come, she said,
>
> she said I am aweary, aweary –
>
> o God, that I were dead!

> (Sie spricht, wie ist mein Leben trostlos –
>
> er kommt nicht mehr – sie sagt –
>
> sie spricht, ich bin so müd und glücklos –
>
> o wär ich tot, sie klagt.)

Wieder saßen die Mädchen in Drachenmontur neben dem Konkurrenzhaus, dessen Mädchen in Feuerrot und Gold einhergehen. Es kommen nicht mehr viele Fremde. Aber heute ist eine englische Dame vorübergegangen, die stand lange wie gebannt und blickte auf Shiragiku. »*Do you speak english,*« fragte sie schüchtern; »*Yes, whatever you want.* Ja, was immer Sie wollen,« ertönte es von Indras Lippen.

»Warum bist du hier?« fragte die Frau.

– »Warum sollte ich nicht hier sein,« antwortete Indra, »das ist ein Beruf, so ehrlich wie ein anderer.« – »Aber vielleicht weniger beglückend.«

– »Und welcher wäre beglückender?« – »Der meine.« – »Und wer sind Sie?« – »Ich bin Lehrerin am Hindukollege der Annie Besant in Benares.«

»Die hat mich schon lange interessiert,« sagte Indra. »Was sie lehrt, das scheint mir die einzige Religion, die eine Zukunft hat, allen verständlich, ein Volapük, ein Esperanto der Religionen.«

Die Fremde starrte wie entgeistert. »Wer bist du?« – »Eine, die über sich und das Leben nachgedacht hat, eine, die stolz ist auf dies Leben, seine Schönheit und seine Tiefen. Eine, die enttäuscht ist von diesem Leben, – eine, die müde ist noch in ihrem Lebensmittag –, eine, die sterben müßte, weil sie unglücklich ist und doch leben möchte, der Menschheit zu dienen.« – »Willst du mit mir kommen?« – »Wie kann ich, ich bin hier verpflichtet.« – »Und wenn ich dich frei mache?« – »So will ich Ihnen die Hände küssen und mit Ihnen ziehen und Ihre Lehren lehren und meinen ganzen Sinnenkult vergessen.« – –

Die Fremde ging weiter. »Du hörst morgen von mir!« Shiragiku lag schlaflos in der heißen Julinacht. Die Sterne flimmerten in ihre Kammer. Anderen Tags kam der Manager zu ihr. »Es ist eine Dame dagewesen, die dich loskaufen will von deiner nächstjährigen Verpflichtung, willst du mit ihr gehen?« – Er nannte sie jetzt du wie die andern. – »Ich will.« – »Dann will ich dir deine Prozente auszahlen, und du bist von morgen an frei.« Nun war also heute die letzte Nacht vor ihrer Abreise. Wie schnell war doch alles gekommen. Es war zwei Uhr, und das »Nachtlose Schloß«, wie die Japaner Yoshiwara nennen, war zur Ruhe gegangen. Seine Arbeit war getan. Indra aber konnte nicht schlafen. Sie lehnte auf der Veranda und hörte die vorüberziehenden Shinaisänger ihre melancholischen Liebeslieder singen wie alle Nacht. Und sie hörte verhaltenes Schluchzen von irgendwo nebenan. Das war wohl die kleine Otome (»Jungfrau«), die Heimweh hatte nach Eltern und Geliebten. – Auch sie hatte Heimweh nach Guy, würde er sie finden in Benares? Sie wollte doch lieber schwach sein und dem Manager ihre Adresse hinterlassen. Näher kamen die Shinaisänger, Otome warf ihnen Geld zu, und sie wiederholten ihr tragisches Liebeslied unter den jetzt dunklen Fenstern des »Nachtlosen Schlosses«. Dann kamen die Nachtwächter und schlugen die Eichenklöppel, die Hiashigi, aneinander.

Dies charakteristische Geräusch der japanischen Nächte – wann würde sie es jemals wieder hören? Würde Guy sie wirklich in Benares finden? Oder hatte er sie vergessen? Oder war er tot? Sie wußte jetzt plötzlich nicht, sollte sie sich freuen oder trauern, daß Mrs. Higgins sie von Yoshiwara erlöst hatte! Sie war schlaflos bis zum Morgen. Immer wieder dachte sie: »Kann er mich auch finden?«

Mrs. Higgins kam schon ganz früh zu ihr in ihre Kammer; sie war Annie Besants rechte Hand und eine Menschenfischerin; sie war stolz auf ihren Fang und fürchtete, daß er ihr noch im letzten Moment wieder entwischen könne.

Nun zog Indra also wieder weiter, doch kein Boris war da, ihr das Geleit zu geben. Beim Abschied von Yoshiwara hatte sie gemischte Gefühle trotz aller dort genossenen Triumphe. Als sie aber am frühen Nachmittag mit Mrs. Higgins nach dem Dampfer wanderte, stand Boris plötzlich in ihrem Weg. – »Ich wollte dich noch einmal sehen, bevor ich sterbe, du sollst mir verzeihen, ich habe dich belogen und betrogen.«

Sie sah ihn an: »Ich verzeih' dir alles, um all dessen, was ich durch dich geworden; lebe wohl!« – Er sah ihr nach mit schwimmenden Augen. Auch sie sah sich nochmals um. »Ach, Boris, sei gut, bring' mich auch noch nach dieser neuen Station meines Lebens,« bat sie. »Mrs. Higgins wird es schon zugeben, wenn ich ihr sage, daß du mein Freund bist.« – So zog denn Boris nochmals mit ihr, den langen, endlosen Seeweg um Japan herum, durch die Formosabai, durch die Südsee, um die Halbinsel Malakka, in den Golf von Bengalen, nach Kalkutta, und dann mit der Eisenbahn nach Benares. In Yoshiwara war sie wirklich so »schwach« gewesen, ihren künftigen Aufenthalt zu verraten. Es war ja unnötig, aber sie wollte doch nicht alle Brücken, alle Möglichkeiten abschneiden.

Und nun also war sie in Benares, und ehe sie sich ins Hindukollege begab, hatte der Freund seine Pflicht zu tun, ihr die Wunder von Benares zu zeigen. Er tat es mit einer fanatischen Gier, er wußte, »es war das letzte, was er ihr Liebes antun konnte vor seinem Tode, denn er wollte sterben. – Das Leben hatte jeden Reiz für ihn verloren, seit er nicht nur an seinem Glück vorübergegangen, seit er es mutwillig selber zerstört hatte. Aber vorher hatte er noch seine Pflichten zu erfüllen; er hatte Indra in die indischen Mysterien einzuweihen. Mrs. Higgins hatte ihr für acht Tage Urlaub gegeben, nun zogen sie beide aus nach allem Schönen, wie einst in Ceylon, in Singapore, in Yokohama, in Nikko, in Tokio. Der »Wanderer« erfüllte zum letzten Male seine Pflicht als Schicksalsweiser.

Dritter Teil

Benares

Benares ist das Herz von Indien. Alle Ströme seines Lebens fließen nach ihm und fließen wieder zurück, von seinem Blut und Leben durchtränkt, in die tausend und abertausend Arterien des Riesenreiches. Benares ist das Herz von Indien! Und Indra, so jäh mitten hineinversetzt in die ihr neue, uralte Kultur, fühlte eine kleine Weile all ihr eigenes, inneres Leben stocken, so gewaltsam war der Anprall der auf sie einstürmenden neuen Eindrücke. – Mitten aus dem Freudenhaus des Lebens, aus dem Yoshiwara aller irdischen Lust, als deren Priesterin sie schon so einsame Höhen erklommen hatte, fühlte sie sich herausgeschleudert in das Herz der Verneinung aller irdischen Seligkeit. Und doch, sie mußte es bald erkennen: Boris, ihr Schicksalsführer, hatte recht – das indische Nirwana ist nur die Kehrseite der Medaille der großen Lebenssansara! Und das eine, das fühlte sie bald ganz klar, ist ebenso wahr und ebenso wichtig wie das andere. Es handelte sich nur darum, daß der Mensch die richtige Verbindung zwischen beiden findet.

Benares ist das Herz von Indien – und seine Lebensströme würden ihr das wohl bald zuraunen. Indra war eine Instinktnatur. Dieser Instinkt konnte sich wohl täuschen, wie er sich in Boris getäuscht. Und doch – hatte Boris sie nicht immer wieder zu den wichtigsten Stationen ihres Lebens geführt? Nun war er abermals, zum letztenmal, wie er sagte – und sie glaubte es ihm, wenn sie in seine zerstörten Züge sah – und wie durch ein Wunder an ihrer Seite. Nun sollte er sie einführen in die indischen Mysterien. Wie eine abergläubische Furcht ergriff es sie plötzlich vor ihm, und doch war er ihr vertraut wie niemand sonst auf der Welt. Und doch fühlte sie Zuneigung zu ihm – wie der Mensch sein eigenes Schicksal liebt, wie der Mensch seinem eigenen Schicksal freiwillig in die Arme rennt.

Auf dem Schiff hatte er sich völlig zurückgehalten, man sah ihn kaum. Er hatte eine unüberwindliche Scheu vor Mrs. Higgins' durchdringenden Falkenaugen. Es war ihm, als könnte sie all das Otterngezücht auf dem Grunde seiner Seele sehen. – Aber bei einem Sturm war er plötzlich zur Stelle und hielt Indras Hand. Sie ruhte leichenblaß auf ihrem Deckstuhl, und es war mehr Furcht als See-krankheit, die sie gefangen hielt. – »Ende Juli ist eine böse Zeit für die Südmeere. Da begannen die Taifune aus ihrem Schlaf zu erwa-chen,« sagte er. »Aber fürchte nichts, ich bin bei dir, ich wache über dich.« – Ihr war's, als wenn ihr Schicksal gesprochen: »Noch ist es nicht Zeit für dich!« – Und sie ward sonderbar ruhig. Und nun schritt er also auch bei diesem neuen Lebensabschnitt wieder an ihrer Seite. Er hatte ganz richtig gefühlt, Mrs. Higgins durchschaute ihn. Dennoch – sie wachte ja nun über Indra. Die hatte ihr eine aus-führliche Schilderung ihres Lebensganges gegeben, und sie fühlte eine keimende, menschliche Zuneigung zu dem merkwürdigen Mädchen, diesem Gemisch von Stolz und Weichheit, von Hinge-bung und Kraft. – Sie glaubte, daß Indra ihr eine Stütze werden würde in ihren theosophischen Bestrebungen großen Stils. Sie hoffte auf sie, wie jeder auf sie gehofft hatte, in dessen Bereich sie trat.

Aus einem sehr reichen Hause stammend und früh Witwe ge-worden, hatte sie Annie Besant, die große Oratorin, diese wunder-barste weibliche Rednerin unserer Zeit, vor Jahren einmal in Lon-don gehört und hatte sich mit ihrem ganzen Sein und Wesen zu ihrer Jüngerin gemacht. Sie verkaufte all ihr Hab und Gut und zog für immer mit ihrer »Prophetin«, wie sie sagte, nach Benares, ans Hindukollege. In jedem Sommer aber reiste sie entweder nach Bir-ma oder nach Siam, oder Java oder Japan. Sie suchte dort im bud-dhistischen Kult neue Nahrung für das »Volapük« oder »Esperanto aller Religionen«, wie Indra es so treffend bezeichnet hatte. Wie ein Wunder war ihr das Finden von Indra erschienen, ebenso wie die-ser selber. Und auch sie wußte: nur von der Höhe der Sanisara kann der Geist die göttliche Ruhe des Nirwana begreifen. Darum hoffte sie viel von ihrer neuen Schülerin. Sie hoffte Unendliches!

Indra unterdessen drang mit Boris in die Tiefen der indischen Mystik – soweit dies in acht Tagen möglich war, heißt das.

Viele, die meisten der Tempel, sind für Fremde gar nicht zugäng-lich, aber sie hörte die aufreizende, barbarische Musik und das Ge-schrei und Tanzen der zahllosen, grellbunten Scharen, die sie hin-einströmen sah. – Sie stand mit Boris auf der Terrasse des Hauses, gegenüber dem großen Tempel. Da sah sie erst einen jeden bei dem Blumenverkäufer im Erdgeschoß eine der grellgelben Blütenketten von »Gendalflowers«, wie man sie hier nannte, kaufen. (Sie kannte sie noch von ihres Vaters Rosengarten, dort hießen sie Studentenblumen.) »Wo kommen sie nur mit den Tausenden von Metern Blütenketten hin?« – »Sie bekränzen die Altäre, sie bekränzen die Linghams damit,« sagte Boris. Dies Gemisch von Buddhismus und altem Hinduglauben, dem Brahma- Wischnu-Shivakult, war ihr das Befremdlichste. In manchen Tempeln war sogar beides vereinigt, und in den Köpfen vieler Inder sicherlich auch. Sie beteten zu Buddha und trieben eifrig Linghamkult, mit dem Wahrzeichen des Shiva, dem Glied der Fruchtbarkeit. So sah Indra ein junges Hindumädchen eine Gruppe schwarzer Linghams sorgsam mit Wasser und Seife abbürsten und gleich darauf vor einem Buddha sich zur Erde werfen. Boris meinte: »Das ist wohl der Hauptgrund von Annie Besants phänomenalen Erfolgen im Hindukollege – die Purifizierung des Buddhismus von den Schlacken des Linghamkult. Und die Neuanhängsel der Madame Blavatzky, der großen Meisterin der Annie Besant, nehmen sie um dessentwillen ruhig mit in Kauf.« – Brostoczicz hätte nicht er selber sein müssen, wäre nicht eine der ersten »Sehenswürdigkeiten«, mit denen er Indra bekannt machte, der »Nepalesetempel« gewesen.– »Von dem habe ich noch niemals etwas gehört,« meinte Indra. – »Desto mehr aber vom Nepalesekult,« antwortete er. »Du wirst gleich sehen.« Und dann stiegen sie den schattigen Weg empor, nahe der großen Brücke, und kamen an eine herrliche Gruppe dunkel glänzender Mangobäume. Auf deren Schatten stand ein zierlicher, rot gemalter Tempel mit spitzschnäbligen Dächern (der einzige dieser Art in ganz Indien), an denen zahllose Bronzeglöckchen hingen, die bei jedem Windhauch leise tönten wie Äolsharfen! An zwei Seiten war der Tempel offen, und von großen Schiebetüren hingen, halb welk, endlose Girlanden gelber Gendalblütenketten. Der Tempel aber hatte vierundzwanzig Pforten, um die sich, schwarz vor Alter, holzgeschnitzte Umrahmungen und vierundzwanzig schwarze, geschnitzte Sopraporten zogen.

»Dieser Tempel,« sagte Boris, »ward von den Einwohnern von Nepal und Sikkim gegründet. Du weißt, jeder indische Stamm hat hier in Benares seinen eigenen Tempel, um darin den Göttern näher zu sein. Es gilt auch als Anwartschaft auf die himmlische Seligkeit (hier sind wir wieder im Brahmanenkult), in Benares zu sterben.

Darum haben hier viele Granden des Landes ihre Sterbepaläste. Die Nepalesen aber wollen der irdischen Liebe und aller Sinnenfreuden auch im Tode nicht vergessen. Darum ließen sie hier von inspirierten Künstlern die vierundzwanzig Arten der Sinnenliebe in ihrer rohesten Form und in rohesten Formen verewigen. Der Tempel ist uralt. Aber noch täglich erfreuen sich die Hindus an diesen urwüchsigen und – naiven Darstellungen. Aber nun komme ich wieder auf mein Thema von Orient und Okzident. Der Orient sieht sich das ruhig und offen an. Der Okzident verpönt das Ganze. »Nur für Herren!« heißt es. In der Reisezeit aber kannst du täglich Scharen von Globetrotterinnen heimlich, mit pochendem Herzen und lüsternen Augen, hierher pilgern sehen; wenn Männer nahen, verbergen sich diese Frauen, von perversen Backfischen bis zu den ältesten Jungfern. Was aber das schlimmste ist: der Orient setzt Millionen um nach dem Okzident von rohen, widerlichen Reproduktionen dieser ursprünglich naiv empfundenen Bildwerke. – Verlangst du nach einem packenderen Beweis, wie pervers der europäische Sinnenkult geworden ist und betrieben wird? Alles öffentlich verschreien und heimlich üben. Der alte Goethe hatte wahrlich recht:

»Man soll das nicht vor feilschen Ohren nennen, was keusche Herzen nicht entbehren können.«

»Wir müssen unser Leben eben zum Yoshiwara gestalten, zum Freudenhaus für alles Echte, Gesunde, Natürliche,« meinte Indra. »Wir dürfen uns nicht mehr unserer Sinne schämen. Was wären wir denn ohne sie? Keine große Kunst ohne starke Sinnlichkeit! – Warum sich nicht ausleben dürfen, frei und groß, statt verborgen, wie die Europäer, im Schmutz zu wühlen. Wahrlich, die europäische Kultur mit ihrem Schein und Sein, mit ihrer ganzen Verlogenheit wird mir immer fataler. Auf ›Tugendschemeln‹ sitzen die ›ehrbaren Frauen‹, die vielleicht die schlimmsten Courtisanen sind, und brechen den Stab über ein Mädchen – ein gefallenes Mädchen – das zu stolz war, eine › demivierge‹ zu werden.« – Boris sah sie erstaunt an. »Du solltest deine Gedanken aufschreiben, Indra, ein Buch daraus formen. Das könnte vielleicht einen Baustein bilden zum Tempel der neuen Zeit und des neuen Weibes, dieser so oft zitierten und so völlig mißverstandenen Dinge.«

»Und du könntest mir dabei helfen, Boris.« – »Nein, meine Zeit ist um, und mein Maß ist voll; ich bin der Sansara müde, mich verlangt's nach Nirwana. Aber vielleicht gibt es kein Nirwana für mich, vielleicht muß ich mich ewig erinnern, ewig.« Seine Züge nahmen einen gehetzten Ausdruck an. – Am anderen Morgen fuhren sie durch grüne Gefilde nach Sarnath, wo Buddha seine Erleuchtung gefunden haben soll. Ein ganzes Museum hat man dort gemacht von allen Ausgrabungen. Auch den Plan des einstigen Klosters zeigt man noch und die Stelle, wo der heilige Geist über ihn kam, »daß er, der Prinz, hinauszog, heimlich, von Weib und Kind, von Glanz und Pracht, um die Welt zu erlösen«.

»In Java,« sagte Boris, »an den herrlichen Skulpturen des Borobudur, da wird einem die wunderbare Schönheit der Buddhalegenden erst völlig klar und die überraschende Übereinstimmung mit der Geschichte Christi:

›Empfangen vom heiligen Geist!‹

Empfangen vom weißen Elefanten, der zu allen Zeiten im Osten heilig war. – Und Christus zog hinaus aus dem himmlischen Glanz von seines Vaters Wohnung, Buddha zog hinaus aus dem fürstlichen, irdischen Glanz und Glück. Sie entäußerten sich beide alles Äußeren, sie lehrten uns, nur auf die innersten Dinge Wert zu legen.

Buddha hat als Attribut die Kobra, die ihre sieben Köpfe als Baldachin über ihn deckt. Christus hat die weiße Taube des heiligen Geistes.« Lange wanderten sie umher und dachten und sprachen. Boris erzählte, daß ein Zweig des Baumes, der einst hier gestanden, von einem Schüler des Buddha, dem Mahinda, in einem eigenen, glanzvollen Schiff nach Ceylon gebracht worden sei, der damaligen Insel Lanka des Affenkönigs Hanuman. Daß dieser »Botree« nun zweitausend Jahre zähle und unter seinem Schatten in Anuradhapura, die Singhalesen noch heut' in jeder Vollmondnacht Buddha ihre Opfer bringen. – »Ach Boris, du bist mir wirklich unentbehrlich für mein Buch,« meinte Indra, »du bist das reine Konversationslexikon, man braucht nur nachzuschlagen.« – »Und findet das große ›Nichts‹, das Fazit meines Leben,« entgegnete er düster.

»Morgen fahren wir auf dem Ganges, es ist Feiertag. Erst in der früh und dann abends bei Mondenschein. Und dann ziehst du in dein neues Kloster.« – Am anderen Morgen früh, es war noch empfindlich kalt, fuhr Indra mit Boris auf dem »Pearlship«, dem Perlschiff eines reichen Inders, dem es schmeichelte, Europäern seine kleine Jacht zu zeigen. Sie fuhren langsam, ganz langsam den Ganges hinauf. Die Sonne glomm empor und tauchte alles in Glut und Glanz. Tausende, Hunderttausende von Menschen badeten in der »heiligen Flut«. Man konnte sich kaum denken, daß es so viele Menschen gibt, wie sie hier als leuchtende Punkte auf und nieder in das Wasser tauchten. Nichts Keuscheres wie das Bad der Hindufrauen, und wie sie dann aus den Fluten steigend den trockenen Saron mit dem durchnäßten vertauschen – man merkt es kaum. Die ganze Flut war von Gendalblumenketten durchleuchtet. Alle »Ghats«, die breiten Treppen, die zum Fluß führen, waren buchstäblich überdeckt mit Menschen.

»Siehst du dort die Gruppe von Frauen mit den dunkellila Sarons?« fragte Boris. – »Ja, aber warum tragen die keinen Schmuck, weder an Beinen, Armen noch Ohren und Nasen; die sehen ja beinahe aus wie gerupfte Vögel.« – »Das sind die Witwen,« sprach Boris, »aber ihnen zum Trost hat man nebenan das Bad der Witwer eingerichtet; siehst du dicht dabei den Haufen von Männern in lila Sarons?« – Indra lachte. »Nichts ist köstlicher als der Humor, der unbewußte, in vielen Gebräuchen des Ostens.«

Langsam, ganz langsam zog das Perlschiff weiter. Jetzt kamen sie an ein Ghat, das weniger belebt schien als die anderen.

Mehrere Männer waren beschäftigt, Holzstöße aufzurichten. Etwas Weißes schaute hier und da daraus hervor. Die Männer waren sehr eifrig, stopften dürres Gras dazwischen, schürten und stocherten, als wollten sie einen Holzstoß für einen Braten zurechtmachen.

»Wieviel weiße Punkte siehst du daraus?« fragte Boris. – »Drei, auf jedem Haufen drei.«

– »Das sind die Füße,« sprach Boris; »wieviel siehst du am Strande liegen in blauen und roten Mänteln, die bloßen Füße im heiligen Wasser?« – »Vier!« antwortete sie, »sie scheinen fest zu schlafen.« – »Nein, sie sind tot,« sprach Boris; »die im blauen Schleier sind Männer, und die im roten Schleier sind Frauen, oder umgekehrt. Jetzt kommen also auf jeden Scheiterhaufen noch zwei, oder sie errichten einen dritten. Je nachdem sie denken, daß der Holzstoß genügend Luft hat und brennt, anstatt zu schwelen. – Nein, sie zünden schon an, die vier übrigen kommen auf einen neuen Scheiterhaufen. Der Mann mit der Fackel dort ist der Domra, der Verbrenner, der erhält für jede Leichenverbrennung bis zu tausend Ruppees. Das Geschäft macht ihn schwer reich.« – Die Holzstöße flammten jetzt hell auf, und blaue Rauchwolken zogen in die Lüfte. Die Scheiterhaufen strahlten warme Glut herüber und wärmten, unwillkürlich wohltuend, in der Morgenglut.

»Und im Vorüberziehen wärmt mich

der Toten Glut,

die meinem armen Leben

wie letzte Liebe tut,«

dachte Indra, »die Glut des Vergangenen, die noch zu mir herüberzuckt.« Eine schwere Trauer füllte ihre Seele.

Die Schar der Leidtragenden setzte sich jetzt ins Wasser, auf einer Art Podium, zum Mahl. Den Toten wurden ihre Speisen vom Festmahl in den Ganges geworfen. Fische und Geier übermittelten sie ihnen wohl. Lautes Klagegeschrei erfüllte plötzlich die Luft. Die Flammen züngelten jetzt an ein paar Füßen und roten und blauen Schleierfetzen empor. »Wie ein Haufen Krammetsvögel, die knusprig braun werden sollen,« dachte Indra wieder. »Laß uns weiterfahren, Boris, ich bin müde von dem grausigen Anblick, grausig, inmitten von Sonnenglanz und Schönheit.« Sie wanderten dann später noch am Land in den engen Gassen, einer hinter dem anderen. Da ward Indra rauh zur Seite gestoßen, und eine »heilige Kuh« zog unbeirrt ihres Weges nach dem nahen Tempel der »heiligen Kühe«.

»Benares ist das Herz von Indien,« sagte Indra, »und ganz Benares ist von Blutlachen bedeckt. All der ausgespuckte Bethel wirkt geradezu schauerlich blutrünstig.« – »Wir gehen jetzt zur › Well of Knowledge‹, dem Born der Weisheit,« erklärte Boris. Bald standen sie vor einem viereckigen Bassin mit pechschwarzem, schieferglänzendem Wasser, von dem geradezu mephistische Dünste emporquollen. Die Gläubigen drängten sich mit großem Geschrei in dichten Scharen darum. Sie warfen alle lange Blütenketten hinein, und ein Becher mit dem schwarzen Pestilenzwasser ging von Mund zu

Mund. »Wer vom Born der Weisheit trinkt,« lächelte Boris, »hat ewige Weisheit und wird niemals krank. Da siehst du, wie die Weisheit schon mit Zungen redet.« Er wies auf zwei Besessene. Der eine wälzte sich in epileptischen Krämpfen am Boden. Der andere saß mit gekreuzten Beinen und klingelte mit einer grellen Glocke, die er wie einen Kreisel um sein Haupt schwang. Es waren Töne, die durch Mark und Bein drangen. – »Du siehst, hierum, um der dunklen Fluten willen, aus der › *Well of Knowledge*‹, die täglich mit neuen Kränzen, Fäulniserregern, gefüttert wird, ist der große Erfolg des geläuterten Buddhismus und all seiner theosophischen Neuverzierungen. Aus diesen Tiefen steigen seine Keime.«

Und am Abend fuhren sie wieder auf dem heiligen Strom. Zum letztenmal! »Morgen ziehst du nun in dein Kloster, Indra, heut' komm' ich von dir Abschied zu nehmen. Ich werde niemals wieder deinen Pfad kreuzen, denn ich habe dir ja schon gesagt, ich reise in das Land, von dem es keine Rückkehr gibt.« – »So soll ich meinen letzten Freund verlieren?« – »Freund!« Wieder hatte er sein altes, zynisches Lächeln. »Möchtest du niemals wieder in deinem Leben ähnliche Freunde finden. Aber du brauchst ja keinen Freund, du bist frei geworden, und das Leben, die Glut seiner Sansara, das Yoshiwara deiner Erkenntnis, daß nur in der Freude und in der Betätigung aller Sinne Zweck und Ziel des Lebens liegen, die haben dich befreit von den Banden der Dumpfheit, der Feigheit und der Konvention. Du bist groß geworden, Indra, du brauchst keinen Freund mehr.« – Große Tränen tropften aus ihren Augen, sie dachte an die offene Wunde ihrer Seele, an die verflogenen, toten Schmetterlinge all ihrer Hoffnungen, und daß sie Guy niemals wiedersehen würde, niemals. »Ich brauche keinen Freund,« erwiderte sie tonlos.

Es war kühl und feucht. Wolken standen am Himmel. Dennoch aber stieg drüben blutrot der Mond empor. Wie manches Mal hatte sie ihn schon mit dem Mann an ihrer Seite heraufsteigen sehen. Wie manches Mal! Niemals aber war ihr das Leben so traurig erschienen wie heute, wie jetzt. Alle Ufer, alle Ghats lagen verödet. Wo bei Tagesanbruch ein so tolles Leben gepulst und gebraust, lagerte jetzt das große Schweigen. Nur vom »*burning Ghat*« herüber (der Verbrennungsstätte) kam ein leicht brenzlicher Geruch, kräuselte und schwelte ein leiser Hauch, die letzten Zuckungen aus den Scheiterhaufen. – Indra fröstelte es in ihrem leichten Kimono. Er sah es und hing ihr seinen Mantel über die Schultern. »Die Liebe zu dir wird mir vielleicht das Nirwana erkaufen,« sprach er leise, »daß ich endlich Frieden finde.« Sie schwiegen beide. Etwas Weißes kam herangeschwommen. Sie hielt es für eine Blume und haschte danach, ließ es aber gleich mit einem Aufschrei wieder los. – »Was war das?« – »Ein Kinderhändchen,« sprach sie schaudernd, – »Da sind die Glücklichen,« sagte Boris, »deren Leichen unverbrannt in den Strom geworfen werden, die Priester und die Kinder unter vier Jahren. Fische und Vögel wollen doch auch ihr Recht. Aber die Aasgeyer haben diesen fetten Brocken übersehen, du hast sie nun darauf aufmerksam gemacht.« – »Wie traurig ist doch die Welt, die ich zu einem großen Freudenhaus des Lebens, mit ehrlichen Sinnen und lehrlichen Lüsten, umwandeln möchte. Wie tief traurig ist sie doch im letzten Grunde.« – »Dort liegt der Affentempel,« sprach jetzt Boris. »Hörst du ihr lautes Geschrei? Das ganze Leben ist am Ende doch nur eine Affenkomödie. Hier ist ein Brief an dich, mein Vermächtnis. Das ganze Bekenntnis meiner Schuld dir gegenüber, und ein schwacher Versuch der Sühne. Du sollst ihn erst nach meinem Tode öffnen. Man wird dir Kunde geben. Du brauchst ja nun nicht mehr meine Schicksalsbegleitung, dich einst von hier fortzuführen. Du wirst im Hindukollege, im Asyl des Friedens, bleiben.« – Indra nickte stumm und unterdrückte einen Seufzer. – »So leb denn wohl, du einzige Frau, die ich je geliebt. Warum durfte ich dich nicht früher finden?« Er drückte einen Kuß auf ihre Stirn. Indra schwieg in tiefer Bewegung. Der Mond strahlte jetzt leuchtend klar über die beiden und verwandelte die Welt umher in flüssiges Silber.

Brostoczicz geleitete Indra stumm an die Pforte ihres »Klosters«.

Und nun war sie bei Annie Besant, der Vielgerühmten, Vielgeliebten, Vielgeschmähten. Sie war nur im äußersten Schatten ihrer starken Persönlichkeit, ein kleines, neues Nichts, das die große Frau kaum bemerkte. Desto mehr bemerkte Indra alles um sich her. Mrs. Higgins hatte ihrem Schützling eine kleine Kammer in ihrer Nähe, in einem der Nebengebäude des Riesenpalastes eines Maharadja, in dem das Hindukollege sein Asyl gefunden, überlassen und eingeräumt. Die dreihundert Zöglinge, zum großen Teil aus den vornehmsten Hindufamilien stammend, wohnten, schliefen, lernten und aßen alle im Hauptgebäude.

So hatte Indra nach mehr als zwei Jahren Kopfpolster, wieder ein europäisches Bett, was ihr allein schon wie ein ungewohnter Luxus vorkam. Auch stand neben ihrem kleinen Fenster, das in die Tropendickichte des Parks schaute, ein viereckiger Tisch mit Schreibzeug. Ihr war's nach den tausend bunten Eindrücken der letzten Jahre, als könne sie sich hier zum erstenmal wieder auf sich selbst besinnen. Mrs. Higgins hatte ihr drei von den peplumartigen Phantasiekleidern, die die lehrenden Damen am Hindukollege zu tragen pflegen, gegeben. Es war ein Gemisch von Griechisch und Altindisch, mit schönem Faltenwurf, einfach und geschmackvoll. Sie erhielt ein weißes aus byssusartigem Stoff, das sie sich selber zu reinigen hatte, ein graues und ein gelbes. Als Mantel wurde darüber, an kühlen Tagen, ein togaartiges Rad geworfen. Die peplumartigen Kleider waren an den Schultern mit Spangen gehalten. Es war ein Gewand wie geschaffen (darum schuf sie es) für die königliche Gestalt der Annie Besant. Aber es stand auch Indra ausgezeichnet. Sie sah so rein und keusch darin aus, und man dachte sich unwillkürlich eine griechische Amphora dazu, um das Bild zu vollenden. Einstweilen sollte sie sich unter Mrs. Higgins' Aufsicht in die Lehren der neuen oder doch rekonstruierten und komprimierten Religion vertiefen und am Nachmittag in dem runden Saal der Dependenz ein Duzend kleiner Hinduknaben und -mädchen beaufsichtigen. Die Mahlzeiten nahm sie mit den anderen Damen, ganz am untersten Ende sitzend. Mrs. Besant speiste allein, und niemand durfte sie bei ihrem Mahle stören. Die englischen Professoren saßen mit ihren Zöglingen in langen Reihen im Speisesaal des Hauptpalastes. Es war auch eine große Anzahl von externen Schülern im Kollege. Indra kam sich vor, als hätte nach einem wilden Sturm, in dem ihr alle Sinne zu schwinden drohten, eine hohe Welle sie plötzlich auf eine Sandbank gespien. Nun saß sie da, – um sich das Nichts, – und hatte sich aus diesem Nichts erst wieder neue Welten zu gründen, wenn anders sie dieses neue Leben ertragen sollte. Doch das sagt sich so leichthin, es erträgt sich so vieles. Vorläufig aber schien ihr dieses ganze Leben von einer ungeheuren Öde. Boris hatte gut sagen, sie sei stark. Sie war wohl stark im Sturm, aber da die Windstille eintrat, brach sie zusammen. Sie konnte sich kaum an Momente gleicher seelischer Depression erinnern, nicht einmal in der Pension Vais, wo sie, wie eine Pallas Athene, ihr Hausdamenschild jederzeit kampfbereit der Außenwelt entgegenzuhalten hatte.

Sie hatte wenig zu tun, und diese Ruhe, dies ewige Nachdenken über sich selber und ihr Geschick brachten sie zur Verzweiflung. Sie hatte die wildesten, gefährlichsten Lebensmeere durchschifft, ohne doch ihre große Gefahr voll erkannt zu haben. Jetzt aber kam sie sich vor wie der Reiter über dem Bodensee, der den ungeheuren Abgrund, den er durchmessen, erst nachträglich begreift. Und der Schreck warf sie darnieder. Jetzt erst begriff sie vollständig den Kot der Pension Vais. Einzelne Äußerungen von Ella und Bella und von Margot fielen ihr wieder ein und ließen sie erschaudern. Das war ja alles nicht halb so schlimm gewesen in *Number nine* und gar erst in Yoshiwara.

An Yoshiwara hatte sie eine beinahe freundliche Erinnerung, wäre nur das tödliche, vergebene Warten nicht gewesen. Aber ihr neuer Lebensumschwung kam so schnell, daß sie sich dessen erst voll bewußt wurde, als sie mit hartem Anprall auf der Sandbank der ruhigen, ereignislosen Gegenwart auflag. Nein, ein Ereignis sollte doch heut' stattfinden. Annie Besant, die zu Vorträgen in Madras gewesen, ward heute zurückerwartet und sollte ein paar Besucher empfangen. Die warteten schon über zwei Stunden in der Dependenz. Endlich erschien sie aus der tiefsten Tiefe des Gartens, mit ihrem Gefolge heraufschreitend. Wie eine Kleopatra oder Königin von Saba, mußte Indra denken. Die hohe Gestalt in der antiken Gewandung, mit dem weißen Lockenhaupt und den blitzenden, dunklen Augen, stützte sich leicht auf einen Sklaven, hätte Indra beinahe gesagt, der einen bunten japanischen Schirm über ihr aufgespannt hielt. Ein zweiter Diener ging daneben und trug einige dickleibige Bücher; ein dritter trug die Schleppe ihrer Toga. So trat sie in den Saal. Die Fremden verbeugten sich bis zum Boden, und sie ließ sich, alle stehend, mit ihnen in eine kurze Konversation ein. Dann lud sie sie mit königlicher Handbewegung ein, sich von ihr den Park und ihre Tiere zeigen zu lassen. Sie wünschte einen Inspektionsgang nach ihrer Reise und glaubte, hierbei störten sie die sichtlich imponierten Fremden am wenigsten.

Indra bewunderte ihr Organisations- und Dispositionstalent, überhaupt die ganze große Frau. Sie sah die Gesellschaft, Annie Besant und Trabanten, in der Tiefe des Parks zu den Rehen gehen, dann zu den Gazellen, dem weißen Esel, dann zu den Goldfasanen und Pfauen. Sie liebte all diese ihre Tiere aufs Zärtlichste und verlangte mehr nach einem Wiedersehen mit ihnen als nach dem ganzen Hindukollege. Gesprochen hatte Mrs. Besant noch nicht mit Indra, doch sie sah sie im Vorbeigehen immer so forschend an, als wolle sie sie auf Herz und Nieren prüfen.

Und so vergingen die Tage und die Wochen in stillem Gleichmaß. Der tötenden Hitze war eine kühlere Periode gefolgt, Weihnachten kam und ging unbeachtet vorüber, doch das Fest des Ganesha war ein Ereignis, auch im Hindukollege. Da wurden (auch eine Mischung von Brahmanentum und Buddhismus) vom Küchenchef Hekatomben von kleinen, elefantenrüßligen Göttern in Butterteig gebacken. Auch Indras Hinduschülerinnen (in ihrer Kleinkinderbewahranstalt, wie sie es nannte) erhielten jede einen kleinen und einen großen Ganesha.

Auch das ganze Personal ward mit den süßen Elefantenrüsseln bedacht. Und Tage und Wochen kamen und vergingen. Es wurde wieder heiß, das nannte man hier Frühling. Es kamen auch oft Touristen, die große Annie Besant zu besuchen, aber es kam niemand, der nach Indra fragte. Eine unendliche Müdigkeit und Öde hatte sie befallen. Wozu hatte ihr das Leben all diese namenlosen Kämpfe und Gefahren geschickt, um sie nachher auf einer Sandbank der Ereignislosigkeit vermodern zu lassen? Sie fühlte sich noch zu jung für den Frieden des Hindukollege und den Frieden der Resignation. Sie wollte leben, kämpfen.

Mrs. Higgins war einigermaßen von Indra enttäuscht, sie kam ihr matt und schlaff vor, lahm in ihrem »Glauben« und in der Anbetung ihres Ideals. Freilich, man konnte ihr nichts vorwerfen. Sie tat ihre Pflicht im stillen. Aber es war, als wäre die Elastizität aus ihrem Wesen gewichen, als wenn eine tiefe Melancholie sie überschatte.

Sie hatte angefangen an dem Buch, zu dem Boris sie ermutigt, einer Art Aufruf an alle, sich aus einem öden Jammertal ein selbsterobertes Yoshiwara zu gestalten. Sie wollte beweisen, daß die große, starke, elementare Sinnlichkeit in jedem wahren, lebenglühenden Kunstwerk enthalten sei! Das brauchte sie zwar kaum zu beweisen, dies Faktum, das so alt ist wie die Welt und seit das erste Kunstwerk geschaffen ward. Aber es fehlte ihr plötzlich die Kraft, es glaubhaft, überzeugend auszudrücken. – Sie fühlte sich selber so matt – fast verschmachtend auf dieser Sandbank des Friedens.

Und so vergingen die Tage, die Wochen, die Monate immer in gleichem Schritt. Indra hatte fast vergessen, wie lange sie im Hindukollege weilte. Waren es zwei Jahre oder zwei Jahrzehnte?

Eines Tages erhielt sie einen schwarzgerandeten Brief. Wer wußte denn ihren Aufenthalt hier, wer konnte ihr denn schreiben? Es war nicht Guys Handschrift, aber doch – wenn ihm etwas zugestoßen wäre. – Zitternd öffnete sie.

>>Gott dem Allmächtigen hat es gefallen, unsern Sohn und Bruder, Onkel und Neffen, Otto Boris Brostoczicz in jähem Tod in fernen Landen plötzlich zu sich zu nehmen. Friede seiner Asche.

Im Namen aller Hinterbliebenen

Otto Kasimir Brostoczicz,

Rittergutsbesitzer und Rittmeister a.D.

Steglitz-Berlin, Juli 1913.

Lange starrte sie aus die Anzeige mit dem fingerbreiten, schwarzen Rand. Die Konvention hatte ihn wieder eingefangen und die Familie, nach dem Tod, den Outsider des Lebens, den Glücksritter, den Abenteurer. – Und dennoch – >>Friede seiner Asche<<. Sein Empfinden ihr gegenüber war echt gewesen. Aber nun wollte sie seine Abschiedszeilen lesen. Sie holte den versiegelten, schon ganz vergilbten Brief aus seinem Schubfach. Ein steifes Blatt fiel ihr entgegen und ein paar ganz eng beschriebene, dünne Blätter.

Testament.

Ich setze mit diesem Indra Versen, z.Z. wohnhaft im Hindukollege in Benares, zu meiner Universalerbin ein für mein beim Credit Lyonnais in Paris in sicheren Papieren lagerndes Gesamtvermögen von 800 000 Francs.

Boris Brostoczicz.

Benares 1911.

(Und Stempel verschiedener Gerichte.)

Sie starrte darauf in tiefem Sinnen.

Dann entfaltete sie die Briefblätter.

»Wenn Du dies liest, kann ich nicht mehr in Deine Augen sehen, um darin zu lesen, ob Du verzeihen kannst, was ich Dir getan. Als ich Dich in Berlin im Frauencoupé dritter Klasse entdeckte, sagte ich mir, dies Mädchen muß ich einfangen, wie schon vor ihr so viele. Ich war einer der berüchtigsten Mädchenhändler, und Christa Toussaint war meine Komplize. Als ich Deinen Namen hörte, und daß du nach Tunis zu Frau Meranow führest, war mein Entschluß gefaßt. Ich ließ Dich nicht mehr aus den Fingern, bestieg das Schiff nach Alexandria mit Dir, – In Alexandria (nicht in Tunis) kam Frau Toussaint als Botin der verstorbenen Frau Meranow (die wahrscheinlich heute noch in Tunis lebt), und wir führten Dich zu unserer Hehlerin, Madame Vais. Da ich aber stets vor Entdeckung zitterte, – man war mir hart auf den Fersen, – brachte ich dich bald nach *Number nine* und dann nach Yoshiwara. – Deine sämtlichen Briefe an Deine Mutter, außer der ersten Karte, die Du mich in den Kasten werfen sahst, sind niemals befördert worden. Das ist die nackte Wahrheit. Wenn es eine Sühne gibt für solches Tun – meine wahre Liebe zu dir und das Bewußtsein meiner Schuld, das mich wie ein Fegefeuer umglüht und in den Tod treibt! Vielleicht nützt das Geld, das meine Sünden Dir hinterlassen, der Sache der Yoshiwaraidee des irdischen Freudenhauses in diesem Jammertal, der echten, wahren, reinen Sinnenfreude, die die Lüge und heimliche Schande hinaustreibt und an Ihre Stelle die Schönheit, die Freiheit und die Größe setzt – dann habe ich trotz allem nicht umsonst gelebt. Der, der Dich mehr geliebt als sein Leben und seine Sünden

Boris.

Wie lange Indra so gesessen, sie wußte es nicht. Man rief sie hinunter zu ihren Hindukindern. Wie im Traum nur gab sie sich mit ihnen ab, spielte mit ihnen, beschäftigte sie.

Am Abend ging sie lange ruhelos im Park auf und ab. Sie sah Annie Besant mit dem Hinduknaben promenieren, den sie für die Reinkarnation des Buddha hielt, und der demnächst von ihr nach Oxford gebracht werden sollte. Ein jeder höhere Mensch hat doch eine Lebensidee, oder wie der Unbeteiligte vielleicht sagen würde, eine »fixe Idee«, und findet sein Glück in deren Betätigung. Indras Glück würde nun sein, die Heimlichkeit und die Lüge zu bekämpfen und den Augiasstall der heimlichen, bösen Lüste auszukehren. Mit Wort und Tat! Tausend Pläne kamen in ihre Seele. Und dann überfiel sie ein großes Zittern. Jetzt wußte sie, woher ihr diese Frische und diese Stärke kam. Die offene, die fressende Wunde in ihrer Seele hatte sich geschlossen, ihre Mutter hatte sie nicht verstoßen! Plötzlich aber befiel sie wie ein ungeheurer Berg all die Todesangst, die die Ärmste in fast fünf Jahren namenloser Qualen und Ängste, dem Furchtbaren, dem Unbegreiflichen gegenüber, dem spurlosen Verschwinden ihrer Tochter, hatte aushalten müssen. Ein jeder Tag, den sie vergebens wartete, wie ein Jahr voll Sehnsucht! Ach, Indra wußte, was Warten, was vergebliches Warten heißt! – Sie wollte ihr gleich telegraphieren – nein, der freudige Schreck konnte die Ärmste töten. Sie mußte selber hinüberfahren, sobald sie nur irgend Geld flüssig machen konnte. Es war rasch dunkel geworden. Die Leuchtkäfer umglühten sie zu Tausenden. Von drüben, aus der »black town«, kamen Tambourin- und Zymbalklänge. Niemals mehr war sie drüben gewesen, seit Boris ihr den indischen Kult gezeigt hatte. Es kam ihr plötzlich vor, als ob sie die letzten zwei Jahre umsonst gelebt hätte. Nein, hier war nicht der rechte Ort für sie. Sie mußte wieder hinaus ins Leben, sich ihren vollen Kräften entsprechend zu betätigen.

Sie wollte Mrs. Higgins aufsuchen, um ihr alles Jüngsterlebte zu berichten. Doch diese war »im Dienst« bei Annie Besant. Beim Dinner war sie auch nicht anwesend. Indra mußte sich also bis zum nächsten Morgen gedulden, so schwer ihr das auch fiel. Vor dem Einschlafen konnte sie zum ersten Male wieder ohne brennendes Weh an ihre Mutter denken. Es fiel ihr ein, wie sie allabendlich mit ihr und mit ihren toten Geschwistern gebetet hatte:

»Kranken Herzen sende Ruh,

müde Augen schließe zu.

Vater, laß die Augen dein,

über unsern Betten sein!«

Und dann kam der Vater und legte noch jedem der Kinder eine Rosenknospe aufs Bett. Und sie hielt sie in den Händen und roch sich daran in den Schlaf. Die ganze Nacht träumte sie von ihrer Kindheit und fragte sich beim Aufwachen verwundert, wo sie eigentlich sei. Endlich konnte sie in der Frühe Mrs. Higgins ihr Herz ausschütten. Doch diese schaute sie immer befremdeter an. »Kind, Kind, Sie wollen wirklich fort. Sie können das übers Herz bringen, nachdem Sie seit über zwei Jahren in die wunderbaren Tiefen, in die unergründlichen Schönheiten unseres Glaubens eindringen? In die Abgründe unserer Weisheit gestiegen sind? Und nachdem Sie die Reinkarnation Buddhas täglich vor Augen haben und wert befunden worden sind, seine Entwicklung zu beobachten, ihn sich entfalten zu sehen? Es ist mir geradezu unfaßlich, wie ein fühlender Mensch, ein Weib mit Verstand und Herz, sich dem gegenüber verschließen kann. Sie haben mich ungeheuer enttäuscht.« – Indra sah ihr ganz erstaunt in die fast fanatisch blickenden Augen. Da lebte sie nun zwei Jahre ganz dicht neben einer Fremden und hatte doch geglaubt, Teilnahme und Verständnis gefunden zu haben. Aber die galten ja niemals ihrer Person, sie galten einzig nur der neuen Jüngerin für den neuen, purifizierten und modernisierten Buddhismus. Sie fühlte sich plötzlich so allein – aber da kam eine warme Welle über eine vernarbte Wunde – ihre Mutter hatte sie nicht vergessen und verstoßen! »Ich will zu meiner Mutter zurück,« sagte sie. »Und was machen Sie mit dem vielen Geld? Das wenigstens können Sie doch zum Zweck der Propaganda für unsere gute Sache anwenden.«

Indra war innerlich empört. »Ich fühle, daß ich es dem Andenken von Herrn Brostoczicz schuldig bin, das Geld in seinem Sinne zu gebrauchen.« – »Wie Sie wollen,« sagte Mrs. Higgins ganz kalt, »ich werde eine Aufstellung machen von dem, was Sie uns schuldig sind. Nachdem Sie mir einen Scheck darüber ausgestellt, bin ich gerne bereit, Ihnen Reisegeld vorzuschießen.« Um eben dieses hatte Indra bitten wollen, daß es aber *so* gewährt wurde, so – das tat ihr bitter weh. Nein, sie hatte niemand mehr hier, niemand. Sie wollte zu ihrer Mutter – so rasch als möglich. In tiefes Sinnen verloren, schritt sie durch den Park. Nun war kein Boris mehr, der sie als dunkler Wanderer zu dieser neuen Etappe ihres Schicksals führen konnte. In ihrer Zerstreuung rannte sie an einen Herrn, wohl an einen der Lehrer. – »Pardon,« sagte sie. – »Indra,« klang es da in einem Ton so voll jauchzender Seligkeit. – »Guy« – sie sprach es ganz still an seiner Brust. Und dann waren sie beide still, standen nur fest umschlungen im Schatten der Mangobäume. Die roten Hibiskusblüten rieselten zu ihren Füßen.

Sie hatten Welt und Zeit vergessen. – »Indra,« sagte dann Guy leise, »ich bin gekommen, dir zu sagen, daß alles so werden soll, wie du es haben willst. – Ich hätte dir das schon vor zwei Jahren sagen können, aber ich halbe dich gesucht, gesucht in aller Welt vergebens. Ich fürchtete schon, du seist tot.« – »Wir wollen uns das alles später erzählen, mein Geliebter, jetzt brennt mir der Boden schon unter den Füßen. Erwarte mich zum Abend in Jacksons Hotel. Wenn ich nicht fertig werde, dann komme ich morgen früh. Jetzt will ich erst hier meine Pflichten abwickeln.«

Guy antwortete nicht viel. Er sah sie nur immerzu strahlend an. Dann schritt er zur Pforte. Wie groß er war, wie elastisch er ging. Das war ihr Geliebter, ihr Herr und Meister, das Alpha und Omega ihres Lebens. Nun würde eine neue Phase für sie beginnen – nun wollte sie mit ihm das Leben gestalten zu einem freien, großen Yoshiwara, einem Freudenhause des Glücks und aller besten Lebensgüter.

Bald hatte sie ihr Bündel geschnürt. Sie war so wenig hier eingewurzelt, daß sie sich selbst darüber wunderte. Mrs. Higgins schrieb sie den Scheck in der von ihr gewünschten, nicht unbeträchtlichen Höhe, und diese ward danach sehr freundlich gegen Indra. Der Abschied von Annie Besant war sehr kühl. Ein so unendliches Befremden lag in deren Augen, daß man freiwillig von ihr und vom Hindukollege scheiden könne. Fast als geschähe ihr selber damit eine tödliche Beleidigung.

Es war noch nicht völlig dunkel, als Indra mit einem kleinen Bündel am Arm aus dem Schatten des Parkes, der ihr zwei Jahre lang ein Asyl geboten, heraustrat auf die Landstraße. Sie fand Guy dort schon ihrer wartend – seit Stunden. Sie waren noch immer beide wie sprachlos. »Und zu fühlen, Guy, daß, wärst du nur einen

Tag später gekommen, du mich für immer verfehlt hättest,« sagte sie dann.

Das Grausen schüttelte ihn förmlich.

Sie fuhren noch am gleichen Abend nach Kalkutta. Nachdem sich Indra dort wieder mit europäischer Kleidung ausgerüstet und einen langen, ausführlichen Brief an ihre Mutter geschrieben, indem sie ihren und Guys demnächstigen Besuch ankündigte, den sie diesmal selber in den Kasten warf, obgleich es gerade diesmal *nicht* nötig gewesen wäre, fuhren sie mit dem nächsten Dampfer nach Ceylon, um dort erst eine Weile ganz sich selbst und ihrem Glück zu leben, wie Indra es sich dereinst gewünscht hatte.

Wieviel hatten sie sich zu sagen. Wie unendlich viel! Aber nach sechs Wochen hatten sie sich noch nicht den hundertsten Teil von dem gesagt, was sie sich zu sagen hatten, und sie fühlten auch immer deutlicher, daß dazu ihr ganzes Leben nicht ausreichen würde.

In Yoshiwara war bald nach Indras Fortgang eine furchtbare Feuersbrunst ausgebrochen, bei der viele Courtisanen und der Manager von Indras Hause ums Leben kamen. Als Guy bald darauf in Tokio eintraf und in Yoshiwara nachfragte (er war vorher erst durch Seemanöver, dann durch ein langwieriges Fieber davon abgehalten, früher zu kommen), nachdem er Indra vergebens in *Number nine* gesucht, glaubte er nicht anders, da sich einige der Mädchen in Yoshiwara erinnerten, daß eine schöne Shiragiku dort gewesen, deren Beschreibung auf Indra zu passen schien, als daß sie mit vielen anderen jämmerlich im Feuer verbrannt sei. Dennoch – etwas in seinem Innern sprach immerzu: »Sie lebt, sie wartet auf dich, du mußt sie suchen.«

So suchte er denn in allen Yoshiwaras von ganz Japan. Er war um seinen Abschied eingekommen, um sich ganz dem Suchen seiner verschwundenen Liebe zu widmen. – Endlich, in Osaka war's, in der berühmten Theaterstraße (das erfuhr er erst vor zwei Monaten), sagte ihm eine Geisha, es sei kurz vor dem Brande eines der Mädchen von Tokios Yoshiwara mit einer englischen Dame nach Benares gegangen. Er machte er sich denn nach Benares auf. Aber es waren schon zwei Jahre, daß er sie vergebens suchte, er hatte keine Hoffnung mehr. Er fuhr nur hin, um sich selber sagen zu können, daß er nichts, aber auch gar nichts unversucht gelassen habe.

So kam er und so fand er sie, und so hielten sie sich – bis zum Tod. Das sagte er ihr in den Palmenwäldern um das Resthouse von Matare, das durch Ernst Haeckels Aufenthalt berühmt gemacht ist. – Und das sagte sie ihm in Banderavella angesichts der herrlichen Berglinien, und das sagten sie sich beide auf dem Adams Peak und auf dem Weg durch die blühenden Rhododendronwälder von Pietrogalla. Das sagten sie sich auch, als sie bei Vollmondschein vor dem zweitausendjährigen Botree standen, dem Ableger vom Baume Buddhas, von dem ihr Boris in Sarnath bei Benares erzählt. Wie sie beide miteinander die Schönheit und die Größe der Welt genossen und verstanden! Nur über eines waren sie sich noch nicht ganz klar, wie sie das Legat von Boris im reinsten Sinn für das große Yoshiwara des Lebens verwenden sollten. Für sich selber nahmen sie nichts davon, Guy war ja völlig unabhängig. Ob sie ein Spital gründen sollten oder eine Schule, das erwogen sie täglich – oder gar beides. An einem großen Buch aber schreibt Indra über den Mut zur Wahrheit und über die Schönheit der Sinne, *die erst dann sich voll und ganz entfalten können, wenn sie Hand in Hand mit der Seele gehen.* Aber auch ohne diese nicht unbedingt im Schlamm und Schmiß zu ersticken brauchen wie jetzt in Europa, sondern daß auch sie in reinen, lichten Flammen brennen können, denn sie sind, Sinne *und* Seele, beide köstliche Gottesgaben.

Und wenn der Occident vom Orient seine Unbefangenheit und Vorurteilslosigkeit lernt, dann wird das Hetärentum der Zukunft eine neue Aspasia gebären.

Dann wird das neue »Yoshiwara« nur Freuden bringen, die im Lichte der Wahrheit blühen, und die Menschen lebenstüchtig und froh machen, aller Heuchelei und Lüge feind.

Aber jedes Liebespaar, das sich mit *Sinnen und Seele liebt,* wird so glücklich werben wie Guy und Indra.

Über tredition

Eigenes Buch veröffentlichen

tredition wurde 2006 in Hamburg gegründet und hat seither mehrere tausend Buchtitel veröffentlicht. Autoren veröffentlichen in wenigen leichten Schritten gedruckte Bücher, e-Books und audio-Books. tredition hat das Ziel, die beste und fairste Veröffentlichungsmöglichkeit für Autoren zu bieten.

tredition wurde mit der Erkenntnis gegründet, dass nur etwa jedes 200. bei Verlagen eingereichte Manuskript veröffentlicht wird. Dabei hat jedes Buch seinen Markt, also seine Leser. tredition sorgt dafür, dass für jedes Buch die Leserschaft auch erreicht wird.

Im einzigartigen Literatur-Netzwerk von tredition bieten zahlreiche Literatur-Partner (das sind Lektoren, Übersetzer, Hörbuchsprecher und Illustratoren) ihre Dienstleistung an, um Manuskripte zu verbessern oder die Vielfalt zu erhöhen. Autoren vereinbaren direkt mit den Literatur-Partnern die Konditionen ihrer Zusammenarbeit und partizipieren gemeinsam am Erfolg des Buches.

Das gesamte Verlagsprogramm von tredition ist bei allen stationären Buchhandlungen und Online-Buchhändlern wie z. B. Amazon erhältlich. e-Books stehen bei den führenden Online-Portalen (z. B. iBookstore von Apple oder Kindle von Amazon) zum Verkauf.

Einfach leicht ein Buch veröffentlichen: **www.tredition.de**

Eigene Buchreihe oder eigenen Verlag gründen

Seit 2009 bietet tredition sein Verlagskonzept auch als sogenanntes "White-Label" an. Das bedeutet, dass andere Unternehmen, Institutionen und Personen risikofrei und unkompliziert selbst zum Herausgeber von Büchern und Buchreihen unter eigener Marke werden können. tredition übernimmt dabei das komplette Herstellungs- und Distributionsrisiko.

Zahlreiche Zeitschriften-, Zeitungs- und Buchverlage, Universitäten, Forschungseinrichtungen u.v.m. nutzen diese Dienstleistung von tredition, um unter eigener Marke ohne Risiko Bücher zu verlegen.

Alle Informationen im Internet: **www.tredition.de/fuer-verlage**

tredition wurde mit mehreren Innovationspreisen ausgezeichnet, u. a. mit dem Webfuture Award und dem Innovationspreis der Buch Digitale.

tredition ist Mitglied im Börsenverein des Deutschen Buchhandels.

Dieses Werk elektronisch lesen

Dieses Werk ist Teil der Gutenberg-DE Edition DVD. Diese enthält das komplette Archiv des Projekt Gutenberg-DE. Die DVD ist im Internet erhältlich auf **http://gutenbergshop.abc.de**

Zeitfracht Medien GmbH
Ferdinand-Jühlke-Straße 7
99095 Erfurt, Deutschland
produktsicherheit@kolibri360.de